一笑

古龍自署

國際學術研討會

古龍武俠小說 領先時代半世紀

【記者賴素鈴／報導】江湖代有才人出，這廂古龍凋零二十載，那廂今朝懸賞百萬獎新秀，浪淘不盡，唯有武俠熱愛，不隨時間變易，在學術研討會上更見分明。以「一代鬼才：古龍與武俠小說」為主題，淡江大學第九屆文學與美學國際學術研討會昨起在國家圖書館，展開為期兩天的議程，紀念武俠小說家古龍逝世二十周年，新生代學者與古龍故舊齊聚一堂，以文論劍話武俠。

日前與淡大中文系教授林保淳共同發表《台灣武俠小說發展史》，武俠小說評論家葉洪生昨天在專題演講中，直批胡適1959年底發表「武俠小說下流論」是「胡說」，學界泰斗的不當發言以及隨即展開的「暴雨專案」，反而促成1960年起台灣武俠新秀的繁興，「武俠小說迷人的地方，恰恰在門道之上。」，葉洪生認定，武俠小說審美四原則在文筆、意構、雜學、原創性，他強調：「武俠小說，是一種『上流美』。」

集多年心血完成《台灣武俠小說發展史》，葉洪生認為他已為從十歲起迷上武俠小說的半世紀畫上完美句點，並且宣布他「以後決心退出武俠論壇，封劍退隱江湖」。

雖然葉洪生回顧武俠小說名家此起彼落，套太史公名言「固一世之雄也，而今安在哉？」，認為這是值得深思的嚴肅課題，昨天意外現身研討會而備受矚目的溫世禮，則為了紀念同是武俠迷的哥哥溫世仁，推出第一屆「溫世仁武俠小說百萬大賞」，即日起至今年10月3日截止收件，經兩階段評選後於明年12月7日公布首獎得主，預料將會是一場武林新秀的龍虎爭霸戰。

看明日誰領風騷？風雲時代出版社發行人陳曉林眼中的古龍，其實領先他的時代半世紀，以致如今雖然古龍逝世20年，陳曉林認為大家對古龍的了解仍然有限，預言未來世代更能和古龍的後設風格共鳴。

昨天這場研討會，也凸顯武俠小說作為一項文學研究門類，仍有待開發學習空間。多位與會者都指出，武俠小說的發表、出版方式和管道具考證難度，學術理論與論文格式的建立待加強。而武俠名家的版權之爭、市場競爭力，也增加出版推廣困難，古龍武俠小說的版權糾紛、司馬翎作品的版權官司也成為研討會的場外話題。

與

武俠小說

第九屆文學與美

一代鬼才

古龍

古龍兄為人慷慨豪邁、跌蕩自如，變化多端，文如其人，且復多奇氣，惜英年早逝。余與古兄當年交好，且喜讀其書，今既不見其人，又無新作可讀，深自嘆惜。

金庸

一九九六．十．十一．香港

大地飛鷹

（上）

古龍精品集 65

大地飛鷹（上）

目錄

目・錄

【導讀推薦】

浪子、人傑與梟雄的命運之搏

——論古龍後期傑構《大地飛鷹》

著名文學評論家、中國文化報總編輯 卜鍵

新紀元的夏月，京城亢熱數日，憋悶已極，不得已趁周末躲往昌平境內的綠化山莊，急煎煎欲了卻幾筆文債，其一便是爲古龍評本寫兩篇專論。現實生活如此煩累擠迫，古大俠小說中又多豪情逸氣，強做解人，能得其旨趣否？我頗覺惶懼。

綠化山莊，由名字即可見出其綠化基地向休假村的轉移，是個清幽宜人的寫作勝地。出門行數百步即是明泰陵，陵主弘治皇帝生母是選自西南少數民族的宮女，產子後即被加害，使弘治一生陷入尋找母族的情結，也有幾分傳奇色彩。有意思的是，《大地飛鷹》的最後也寫到主人公小方的母親，寫他爲救母親而毅然入「富貴神仙」之彀。所謂「古今同情」者，信矣！

荒漠上有多少欲望

優秀的武俠小說常以意境勝。人物性格的鮮明與景物的奇絕每每共同構成故事的底色，本書亦然。作者開篇即展示一個生命的絕境：狂風，沙礫，大漠，與挺立大風暴中的「鐵血三十六騎」。這生命絕境正是武俠勝境，生命禁區正是俠客們施拳展腳的人生舞台，於是引出了一個個慘烈的故事。

儘管有一萬條理由，卻還很少有作者去寫俠客們偏愛荒漠。「大隱隱於市」，大俠便俠於市，朝廷與都市永遠都擁有俠士活躍的身姿。但武俠中的確又常寫到絕域與極邊之地，古龍書中更如此。這是磨勵意志和鍛鑄性格的需要，也是故事情節的自然延伸。所謂「自然」，意即其必有一個令人信服的理由，如本書中開卷即見沙漠風暴，礫石擊面，饑鷹飛襲，同時也交代了「鐵血三十六騎」和駱駝隊來此的目的——運送三十萬兩黃金。

鐵翼和他的鐵血騎士死了，三十萬黃金沒了。隨後趕來的是衛天鵬與「旋風三十六把刀」，又是「三十六」，自從宋代水滸故事流行以來，這個數字便覺威武雄健、殺氣逼人，便成武俠格範。「怒箭神弓」衛天鵬也爲護送黃金而來，眼下的任務則成了追蹤失去的黃金。古往今來，黃金都是財富最簡捷有效的代表。於是冷寂的荒漠因此出現了一番鬧熱。黃金的舊主人「富貴神仙」呂三爺來了，且不知他如何搞來這許多黃金，又爲何將黃金運經荒漠，但見他和他的人馬爲追回此黃金拚命掀騰；名徹江湖的卜鷹也來了，還有他的藏族朋友班察巴那，也還有龐大的駝隊和眾多死士，卜鷹成了黃金的新主人。三十萬黃金成爲雙方爭奪廝拚的焦點，然作者卻在行文過半時，才點明重中之重的是黃金中的神魚——那能開啓更大財富之門的「噶爾渡神魚」。故事至此也陡然一變，黃金之爭變爲民族權利之爭，由是班察的形象便更覺凸顯。

黃金帶來的是欲望的瘋長，英雄、俠士、陰謀家及政客都往荒漠和邊地匯集，權欲、物欲和情欲亦糾結混雜，人性和友情都經歷著沖刷檢證，也在演變扭曲，兩大陣營你中有我，我中有你，分分合合，恩恩怨怨，至最後也未見出個輸贏。荒漠上有無數個欲望，是黃金，更是潛在其中的神魚，引發和點燃了這些欲望。

欲望帶來的又是什麼？

是廝拚，是流血和死亡，是松幹般屹立的俠士之軀的摧折，是春花般嬌豔的少女笑靨的枯萎……

生當做人傑

讀這部書的一個很私人化的愉悅，是古龍搏弄出了一個很圓整的文學形象——卜鷹。

記得一九八八年在安徽蕪湖召開的全國《紅樓夢》研討會上，初入山門的我對文學巨擘曹雪芹忽生不敬，指責其在設置形象時的「惡作劇」筆法，賈甄真假爾外，如單聘仁（善騙人）、卜是仁（不是人）等。實則舉目望去，老卜家在文學作品中多爲反派角色，真是吃了姓氏的虧。古大俠開創先例，以褒獎之筆爲卜鷹寫像，能不大喜過望！

書中的卜鷹，是一個身穿闊大白袍、乾枯瘦小、其貌不揚的人，他的名頭傳遍江湖，也響徹藏域，作者這樣寫道：在遠方積雪的聖峰上，有一隻孤鷹，在這片無情的土地上，有一個孤獨的人，據說這個人就是鷹的精魂化身……

可設想古龍寫作至此是怎樣的心懷純淨和充滿崇敬，方能如此設色鋪彩！他寫傲骨錚錚的小方聞名後肅然起敬，寫縱橫江湖的衛天鵬相遇時的色厲內荏，筆致迴環，烘雲托月，卻都在寫卜鷹形象。

寫卜鷹卻不盡寫：書中不寫其來歷，衛天鵬口稱「卜大公子是千金之體」，可知必爲大族世家之子，卻不作進一步交代，不交代而見其神秘；書中亦不寫其歸途，拉薩一役後，卜鷹便如在如不在，悠悠歲月，茫茫世事，竟然都未見卜大公子再涉入，最後也不知所終。俗諺有「神龍見首不見尾」，卜鷹這隻神鷹竟是首尾均罩在五雲中。

卜鷹幾乎是與食屍鷹一同出現的，他似乎也具有食屍鷹的稟質：堅忍、迅捷、殘酷、嗜血。這是鷹的共性，毋論禿鷹、雄鷹和聖鷹，均此一例。高翔，是爲了下視，堅翅利爪常用於搏擊。

衛天鵬認定卜鷹是爲三十萬兩黃金而來，可謂一語中的。

再深入求之，就會發現三十萬兩黃金雖鉅，卻也不會成爲「富貴神仙」與卜大公子爭奪的焦點。黃金之戰只是表面的，黃金中那尾「噶爾渡神魚」才是開啓真正財富之門的鑰匙。呂三爺不惜血本的瘋魔般的追殺，原是爲了這條神魚；而卜鷹得手後仍盤桓不去，也是要知道黃金中的秘辛。故事越到最後越有些撲朔迷離，亦不外這條神魚的魔力。

號稱劍癡的獨孤癡對卜鷹有數句定評：「不是劍客，不是俠客，也不是英雄。」「他的心中只有勝，沒有敗，只許勝，不許敗。爲了求勝，他不惜犧牲一切。」作爲敵手的獨孤癡對他滿含崇敬，他說：「卜鷹是人傑！」

什麼是人傑？人傑與英雄又有何區別？在古龍心中，大約人傑常是有些非常之舉的，「不惜犧牲一切」是非常之舉，這犧牲中當也包含著友誼與親情，包含著道德準則與良知，包含著一己之軀與純潔愛情。目的高於一切，手段服務於目的，目的崇高可消解手段的卑鄙。然則這樣做就是人傑麼？這樣的人傑與惡魔還會有質的區別麼？這是古大俠留給我們的課題。

大約古龍也是迷惘的。卜鷹在雪域的親密戰友是班察，五花箭神班察巴那。全書後半部隱約寫到卜鷹和黃金的失蹤似乎與班察相關，更明寫了班察使小方與呂三爺同歸於盡的惡毒。班察自食了這枚苦果，作者寫道：「班察巴那還是不愧爲人傑」，全書至此收束，未盡的當是一聲歎息。

咒語與酒歌

閱讀本書，給人印象極深的是貓盜，印象更深的則是貓盜時或冷喝的咒語，「石米，柯拉柯羅」。這是浸在血沫中的咒語。我沒有去過西藏，不知古龍是否到過西藏，更不知這六字咒語在藏文中是否確有存在，所強烈感受的則是其每次響起後的可怖場景。

咒語是神秘和冰冷的。咒語是一道「絕殺令」。咒語響起的地方如颶風橫掠，剩下的只是屍骨的殘骸。於是，曾橫行江湖的俠客們聽懂了這句不祥之語，可歎的是往往在生命的最後一刻才聽懂，如「鐵血三十六騎」、「旋風三十六把刀」的勇士。這是多麼可悲的事！

咒語屬於荒漠，而荒漠又似乎屬於食屍鷹。對於那些遨翔於天空的禿鷹，這六字真言應說是最美聲悅耳的歌謠。我敢說食屍鷹也聽懂了咒語，於是每當咒語冷然響起，禿鷹們便歡快地撲棱著翅膀飛來，盛宴開始了，被吃的是昔日那氣吞山河的赳赳武士。造化因緣，又誰謂「吃人的宴席」不可以由鷹來唱主角？

細味全書，鷹（禿鷹？雄鷹？）又不可能主宰著大漠，大漠的主人只能是人類，鷹其高飛低掠，鐵喙利爪，最能做的也只是乘人之危或乘人之亡。牠的吃人宴席應說是「吃死人的宴席」，亦可憎可悲耶！在跋涉日久、饑渴交攻的小方看來，食屍鷹有幾分可畏，而在衛天鵬一箭之下，這隻「潑毛團」便直落雲端葬身沙塵，是鷹亦有限也。

作者寫了一位卜姓大俠士，又爲什麼要以「鷹」名之？推想來也並非複雜，散散碎碎的理由也有一大堆，我卻以爲與一支酒歌相關。這支酒歌與咒語在書中交替出現，詞曰：兒須成名，酒須醉。酒後傾訴，是心言。

酒真是人世不能或缺的寶物，生活教人深沉自閉，酒卻能讓自閉者敞開胸懷。酒能麻痹人的理性，然理智的閘門一打開，悟性的精靈便活潑潑跑出。我國文學作品中的酒歌大多攜帶著魂靈之真率，此歌亦然。卜鷹第一次吟唱這首歌，是卒逢大難後對小方的傾訴。他談到了浪子，談到浪子的精神空虛與寂寞，他向小方傾訴的正是一己之心言。

貓盜是卜鷹馴教出的武士，亦知卜鷹身上也有著如食屍鷹的戾氣和嗜血，咒語傳遞的正是這種血腥殺氣。而酒歌則是一種心跡的剖白吐露，卜鷹名貫華夷，可成名又怎樣呢？卜鷹富甲海內，可鉅富又怎樣呢？也還有苦痛與哀傷，還有失敗與挫折，還有空虛與悵惘，還是渴望與摯友一吐爲快……

浪子是一道風景

或許古大俠就是現實世界中的一個浪子，嗜酒好色，不重貨殖，其作品最愛寫的形象是浪子，最感人的形象亦是浪子，如小李飛刀李尋歡、葉開，本書中的方偉亦響噹噹一個浪子。方偉有一個綽號——「不要命的小方」，不要命當是浪子的標記。「一個人，一柄劍，縱橫江湖，快意恩仇」，是浪子的豪情；「孤獨，寂寞，空虛」，是浪子的悲情。這是卜鷹的人生歸納。卜鷹是浪子麼?至少，他曾經是浪子，才會對此有極深的體識，他的那支酒歌亦是浪子的歌。

司馬遷《史記》有「遊俠列傳」，遊俠即浪跡天涯的俠客，即浪子。而《水滸傳》中的浪子燕青，更爲後世之浪子立下楷模：急功好義，善良忠誠，且風度翩翩，富有個性魅力。生活中的浪子往往很有女人緣，文學作品中的浪子更是擁紅倚翠，大得芳心。看本書中的方偉，先有波娃，又有陽光，最後是小燕和蘇蘇，也算交了桃花運。這些愛來路不同，來勢亦不同，卻都有一點真誠，是方偉的浪子風采吸引和打動了她們。

多管閒事是浪子的基本行爲方式。《邊城浪子》中的葉開愛管閒事，實則故事進行到最後謎底揭開，葉開是白天羽真正的骨血，則他的作爲便與一般浪子不同。方偉不然，作者不去寫其家世及閘派，起首便是被追殺，被爲兒子報仇的「富貴神仙」追殺，後來仍是被追殺，被各類不能確定的暗敵追殺。由是便得浪子之真諦。只不過凡浪子又都有些真本事和真寶貝，葉開的小李飛刀令人喪膽，方偉的寶劍能引起卜鷹濃厚興趣，當也非同凡響，他那匹「赤犬」得自關外落日馬場主人馬嘯峰的饋贈，其與關東萬馬堂的馬空群不知有否關係？

浪子也是不缺乏親情的。古龍擅寫浪子，尤擅以親情寫浪子。「慈母手中線，遊子身上衣。」江湖上的浪子如飛蓬，如風箏，則母親是浪子心底的最後家園和精神寄託。書中的方偉之母雖未出現，然作者以看似閑閑一筆，寫不要命的小方忽見如母親居室之設置，便五中如焚，束手就縛。浪子最難忘母愛，最珍惜母愛，全是因爲空虛寂寞麼？

在武林和江湖，在廟堂和都市，都會有浪子活躍的身影，浪子是一道永恒的風景線。

序幕

一

狂風，風聲呼嘯，漫天黃沙飛舞。

風沙吹不進這巨大的牛皮帳篷，鐵翼正坐在一盞昏暗的羊角燈下，擦他的鐵槍。

這場可怕的風暴已經繼續了八天，他們的駱駝隊也已被困在這裡八天，連最倔強的駱駝都已開始萎頓，但是鐵翼看來卻仍然像是他的槍一樣，冷酷、尖銳、筆挺，乾淨得發亮。

他希望帶出來的「鐵血三十六騎」也能像他一樣，絕不受任何事物的影響，絕不在任何一種惡劣的環境下屈服，絕對嚴守紀律，隨時保持警覺。他們已受過他十三年嚴格訓練，凡鐵已被煉成精鋼。

現在他又要去做他十三年來從未間斷過的每日一次例行巡檢，雖然風暴這麼大，他對他們卻還是絕不肯放鬆一點。

這次他的要求甚至比往常更嚴格，因爲這次他護送的貨物，正是千古以來對人類最大的誘惑之一——黃金。

三十萬兩絕無雜質的純金，已足夠將江湖中所有的巨盜、悍匪全都引到這一片無情的大沙漠上來。

他不能不特別小心。

帳篷外狂風怒號，飛沙滾滾，沙礫打在帳篷上，就像是蒼穹震怒投下的冰雹。

鐵翼站起來，瘦削的身子仍如槍桿般筆挺，二十年前，他以掌中這桿七尺長的黑鐵槍橫掃綠林八大寨的三十二條好漢。永定河邊一戰，槍挑怒虎譚宣，他的精力和武功，至今絲毫不減。

他對他自己，和他那三十六騎子弟兵都同樣充滿信心。

就在這時候，狂風中忽然傳來一陣淒厲的呼聲，是一個替他們看守駱駝的藏人馬魯發出來的。

「石米，柯拉柯羅。」

鐵翼雖然聽不懂他呼喊的是什麼，卻聽得出他呼聲中充滿了一種深入骨髓的恐懼。

幾乎就在這同一剎那間，這個堅固結實的牛皮帳篷，忽然奇蹟般裂成了碎片，霎眼間就已被狂風捲入了漫天黃沙中。

沙礫箭鏃般打在鐵翼臉上，他的臉色連一點都沒有變，還是槍桿般站在那裡。

他眼前一片飛旋的風沙，就像是一道從天上垂落的高牆，使得平常人連十尺外的帳篷都看不到。

他不是平常人。

他一雙久經訓練的眼睛，已看到他的三十六名子弟就像三排標槍般站在他對面，不管風沙多大，不管變化多驚人，他們都能保持鎮靜。

在災禍來臨時，在生死決戰中，「鎮靜」永遠都是一種最有效的武器。

何況他們每一個人都絕對可以算是江湖中的一流高手，他們在輕功、暗器和兵刃上都下過遠比別人艱苦的功夫。

他確信，不管這次來的對手多可怕，他們都絕對有能力應付。

他自己身經大小數百戰，從來也沒有退縮過一次，更沒有怕過任何人。

可是不知道爲了什麼，在這一瞬間，他心裡竟忽然也有了種說不出的恐懼。

一種深入骨髓的恐懼。

淒厲的呼聲已被狂風吞噬，飛捲在風沙中，忽然出現了一個人。

其實鐵翼看見的並不是一個人，只不過是一條暗灰色的，幽靈般的影子。

這個影子的頭上，彷彿長著兩隻角，貓耳一樣的角，魔神一樣的角。

鐵翼咽喉中彷彿忽然被塞入了一團帶著血腥氣的冰雪。

「你是誰？」他厲聲問。

這人影忽然發出貓一般怪異尖銳的笑聲，說出了六個字：「石米，柯拉柯羅。」

這正是馬魯剛才呼喊的六個字，這六個字中究竟包含著什麼可怕的意義？聽起來就像是一種懾人魂魄的魔咒。

鐵翼指揮，指揮他的子弟——

「拿下來。」

他的命令一向絕對有效，他的子弟一向絕對服從，可是這一次他們居然沒有動，連一個人都沒有動。

頭上有角的人影又發出貓一樣的笑聲，雙手不停揮動。

標槍般站在那的三十六個人，忽然一個接一個，慢慢的倒下，就像是一串串被繩子拉倒的木偶。

鐵翼衝過去，才發現他的鐵血三十六騎呼吸早已停頓，連屍體都已冰冷僵硬。

他們剛才沒有倒下，只因爲每個人背後都支著一桿槍，每一桿槍下，都藏著一個人，每個人頭上都長著貓耳般的角。

鐵翼連呼吸都已停頓，忽然淩空躍起，七尺長的鐵槍毒蛇般刺了出去。

這一槍比毒蛇更毒，比閃電更快。

這一槍已是「鐵膽神槍」所有力量的精粹。

可是這一槍刺出時，他對面的人影已飛躍而起，隨著一陣陣飛旋的狂風在空中飛旋轉動。

他本身似也化作了一陣飛旋的狂風。

風是殺不死，刺不中的。

鐵翼忽然覺得有一陣狂風迎面捲來，千百顆尖針般的細砂忽然吹入了他的眼睛。

然後他就完全沒有感覺了。

這一天是九月十三。

二

九月十五，暴風已停止。

沙漠上的風暴，就像是善射者的箭，殺人者的刀，來得突然，去得也突然。

衛天鵬打馬急奔。

他的馬鞍旁有一壺箭，他的腰畔有一把刀。

他的刀與箭也像是沙漠上的風暴那麼可怕……

他是接應鐵翼來的。

三十萬兩黃金，無論對誰來說，都是種很難抗拒的誘惑。

黑道上的朋友，本來就是禁不起誘惑的人。

他和鐵翼都屬於同一組織的人，他們絕不能讓這批黃金落入別人手裡。

跟隨他同行的，還有他屬下的「旋風三十六把刀」，和一個叫「蘇瑪」的嚮導。

如果不是被這次風暴阻延，現在他一定早已接應到鐵翼。

蘇瑪是馬魯的族兄，對這片大沙漠，簡直比女人對自己的褲子還熟悉。

他也知道馬魯要走哪條路。

他當然能找到由馬魯帶路的那一隊駝隊。

可是他找到馬魯時，馬魯的屍體已經變得像是枚風乾了的黑棗。

他也找到了鐵翼和鐵血三十六騎。

他們的屍體，距離馬魯的屍體都不遠，他們的屍體都已像最尊貴的喇嘛一樣，大多都已被兀鷹啄食，受到了「天葬」。

幸好還有些人的屍身已經被黃沙掩埋，一層連兀鷹的利喙都啄不透的黃沙。

衛天鵬找到了鐵翼的屍身，也找到了他慘死的原因。

他也跟其他十三具從黃沙下挖出的屍身一樣，他們身上都沒有什麼明顯的傷口，可是每個人臉上都有三條血痕，就像是被貓的爪子抓出來的。

他們的臉上，都帶著一種恐懼之極的表情，一種比「死」更可怕的恐懼。

看到這三條血痕，蘇瑪臉上忽然也露出一種恐懼之極的表情，忽然跪下來，向天膜拜，嘶聲狂呼。

衛天鵬雖然聽不懂他說的是什麼，卻聽得出來他每聲呼喊都有同樣的六個字：「石米，柯拉柯羅。」

這時候他們頭頂上的藍天又有一群鷹飛來。

食屍的兀鷹。

一 食屍鷹

一

鷹在盤旋，盤旋在艷藍的穹蒼下，在等著食他的屍。

他還沒有死。

他也想吃這隻鷹。

他們都同樣飢餓，餓得要命。

在生存已受到威脅時，在這種威脅已到達某種極限時，一個人和一隻鷹並沒有什麼分別，同樣都會爲了保全自己而傷害別人。

他很想躍起去抓這隻鷹，很想找個石塊將這隻鷹擊落，平時這都是輕而易舉的事，可是現在他已精疲力竭，連手都很難抬起來。

他已經快死了。

江湖中的朋友如果知道他已經快死了，一定有很多人會覺得很驚奇，很悲傷，很惋惜，一定也有很多人會覺得很愉快。

他姓方，叫方偉，大家通常都叫他「小方」，要命的小方。

有時連他自己都覺得自己實在是個很要命的人，奇怪得要命。

他已經在這塊沒有水，沒有生命的乾旱大地上掙扎著行走了十幾天，他的糧食和水都已在那次風暴中遺失。

現在他身上只剩下了一柄三尺七寸長的劍，和一條三寸七分長的傷口，唯一陪伴在他身旁的，只有「赤犬」。

「赤犬」是一匹馬，是馬嘯峰送給他的。

馬嘯峰是關東落日馬場的主人，對於馬，遠比浪子對女人還有研究，就算是一匹最頑劣的野馬，到了他手裡，也會被訓練成良駒。

他送給朋友的都是好馬，可是現在連這匹萬中選一的好馬都已經快倒了下去。

小方輕輕拍著牠的背，乾裂的嘴角居然彷彿還帶著微笑。

「你不能死，我也不能死，我們連老婆都還沒有娶到，怎麼能死？」

烈日如火焰，大地如洪爐，所有生命都已烤焦了。幾百里之內，都看不見人蹤。

但是他忽然發現有個人在後面跟著他。

他並沒有看見這個人，也沒有聽到這個人的腳步聲，但是他可以感覺得到，一種野獸般奇異而靈敏的感覺。

有時他幾乎已感覺到這個人距離他已很近，他就停下來等。

他不知有多麼渴望能見到另外一個人，可惜他等不到。

只要他一停下來，這個人立刻也停了下來。

他是個江湖人，有朋友，也有仇敵，希望將他頭顱割下來的人一定不少。

這個人是誰？爲什麼跟蹤他？是不是要等他無力抵抗時來割他的頭顱？現在爲什麼還不出手？是不是還在提防著他腰畔的這柄劍？

他又掙扎著走了一段路，總算找到了一個可以遮擋陽光的沙丘。

他在沙丘後的陰影中躺了下去，那隻鷹飛得更低了，好像已經把他當作個死人。

他還不想死，他還要跟這隻鷹拚一拚，鬥一鬥，可惜他的眼睛已經漸漸張不開了，連眼前的事都已變得朦朦朧朧。

就在這時候，他看到了一個人。

二

據說沙漠中常常會出現海市蜃樓，一個人快死的時候，也常常會有幻覺。

這不是他的幻覺，他真的看見了一個人。

一個很瘦小的人，穿著一件極寬大的白色袍子，頭上纏著白布，還戴著一頂很大的笠帽，帽簷的陰影下，露出了一張尖削的臉，一張寬闊的嘴，和一雙兀鷹般的眼睛。

在這片冷酷無情的沙漠上，能看到一個同類的生命，實在是件令人歡喜振奮的事。

小方立刻坐了起來，乾裂的嘴角又露出了微笑，這人卻長長嘆了口氣，顯得很失望。

小方忍不住問：「你心裡有什麼難過的事？」

「沒有。」

「你爲什麼嘆氣？」

「因爲我想不到你居然還能笑得出來。」

很少有人會爲了這種理由嘆氣的，小方又忍不住問：「還能笑得出有什麼不好？」

「只有一點不好。」這人道：「還能笑得出的人，就不會死得太快。」

小方道：「你希望我快點死？」

這人道：「越快越好。」

小方道：「現在你應該看得出我連一點力氣都沒有了，爲什麼不索性殺了我？」

這人道：「我跟你無冤無仇，爲什麼要殺你？」

小方道：「你跟我無冤無仇，爲什麼希望我快點死？」

這人道：「因爲你看起來遲早都要死的，不但我希望你快點死，這隻鷹一定也希望你快點死。」

鷹仍在他們頭頂上盤旋。

小方道：「難道你也跟這隻鷹一樣，在等著吃我的屍體？」

這人道：「既然你已經死了，你的屍體遲早總要腐爛的。這隻鷹來吃你的屍體，對你連一點害處都沒有。」

小方道：「你呢？」

這人道：「我不想吃你，我只想要你身上的這把劍。」

小方道：「反正我死了之後也沒法子把這柄劍帶走，如果給你帶走了，對我也沒什麼害處。」

這人嘆了口氣，道：「這道理一向很少有人能想得通，想不到你居然想通了。」

小方微笑道：「有很多別人想不通的道理，我都能想得通，所以我活得一向很快樂。」

他忽然解下了腰畔的劍，用力拋給了這個人。

這人很意外：「你這是幹什麼？」

小方道：「我要把這柄劍送給你。」

這人道：「你還沒有死，爲什麼就先把它送給我？」

小方道：「因為我自己活著時很愉快，我也希望別人愉快。」

他笑得的確像是很愉快：「我反正都要死了，這把劍遲早總是你的，我為什麼不早點送給你，讓你也愉快些？」

這人用一雙兀鷹般的眼睛盯著他，又嘆了口氣，道：「你這人真奇怪，怪得要命。」

小方笑道：「你說對了。」

這人道：「可是如果你想用這法子來打動我，讓我救你，你就錯了，我這一輩子從來也沒有被人打動過。」

小方道：「我看得出。」

這人又盯著他看了半天，忽然道：「再見。」

「再見」的意思，通常都不是真的還想要再見，而是永不再見了。

他走得並不快，他絕不會在沒有必要的時候浪費一分體力。

劍還留在地上。

小方道：「你為什麼不把這柄劍帶走？」

這人道：「你若死了，我一定會把這柄劍帶走。」

小方道：「我送給你，你反而不要？」

這人道：「我這一輩子從未要過活人的東西，現在你還活著。」
小方道：「活人的東西你都不要？」
這人道：「絕不要。」
小方道：「可是有些東西卻是死人絕不會有的，譬如說，友情。」
這人冷冷的看著他，好像從來沒有聽說過「友情」這兩個字。
小方道：「你從來都沒有朋友？」
這人的回答簡短而乾脆：「沒有。」
他又開始往前走，只走出一步，又停下，因爲他已聽到遠方傳來的一陣馬蹄聲，聽來就像是戰鼓雷鳴，殺氣森森。
然後他就看見沙丘後塵頭大起，來的顯然不止一匹馬、一個人。
他尖削冷漠的臉上立刻露出種奇怪的表情，忽然也躺了下去，躺在沙丘的陰影下，看著那隻盤旋低飛的食屍鷹。

三

蹄聲漸近，人馬卻仍距離得很遠，忽然間，一陣尖銳的風聲破空呼嘯而來。
鷹也有種奇異的本能，彷彿也已覺察出一種不祥的凶兆，已準備沖天飛起。

可惜牠還是慢了一步，急風劃空而過，牠的身子突然在空中一抖，就斜斜的落了下來。帶著一根箭落了下來。

一根三尺長的雕翎箭，從牠的左翼下射進去，右背上穿出來，牠的身子一跌下，就再也不能動了。

人馬還在三十丈外，射出來的一箭，竟能將一隻兀鷹射個對穿。

小方嘆了一口氣：「不管這個人是誰，我都希望他來找的不是我。」

二 怒箭

一

艷藍的穹蒼下一片死寂，蹄聲遠遠停住，揚起的塵沙也落下，那隻等著要吃別人屍體的兀鷹，只有等著別人食牠的屍。

生命中所有的節奏在這一瞬間彷彿都已停頓，可是生命必須繼續，這種停頓絕不會太長。片刻後蹄聲又響起，三匹馬弩箭般轉過沙丘，直馳而來，當先一騎馬上的人黑披風、紅腰帶，鞍旁有箭，手中有弓，腰畔有刀。

健馬剛停下，他的人已站在馬首前，人與馬動作的矯捷都讓人很難想像得到，他眼神的銳利也令人不敢逼視。

「我叫衛天鵬。」

他的聲音低沉，充滿了威嚴與驕傲，他只說出了自己的名字，好像就已足夠說明一切，因為每個人都應該聽說過他的名字，無論誰聽到這個名字後，都應該對他服從尊敬。

可惜現在躺在他面前的兩個人卻連一點反應都沒有。

衛天鵬刀鋒般的目光正在盯著小方：「看來你一定已經在沙漠中行走了很多天，一定也遇上了那場風暴。」

小方苦笑。

對他來說，那場風暴簡直就像是場噩夢。

衛天鵬道：「這兩天你有沒有看到過什麼可疑的人？」

小方道：「看到過一個。」

衛天鵬道：「誰？」

小方道：「我。」

衛天鵬的臉沉了下去，他不喜歡這種玩笑：「遇到可疑的人，我只有一種法子對付他。」

小方道：「你是不是會先割掉他一隻鼻子，削掉他一隻耳朵，逼問他的來歷，然後再一刀殺了他？」

衛天鵬承認：「現在你是不是還要說自己是個可疑的人？」

小方嘆了口氣，道：「我說不說都一樣，像我這樣的人如果還不可疑，還有誰可疑？」

衛天鵬厲聲道：「你想要我用這種法子對付你？」

小方道：「反正我已經快死了，隨便你用什麼法子對付都沒關係。」

衛天鵬道：「但是你可以不必死的，只要有半壺水，一塊肉，就能救活你。」

小方道：「我知道。」

衛天鵬道：「我有水，也有肉。」

小方道：「我知道。」

衛天鵬道：「你爲什麼不求我？」

小方道：「我爲什麼要求你？」

他笑了笑：「你若肯救我，用不著我求你，你若不肯，我求你也沒有用。」

衛天鵬盯著他，全身上下好像連一點動作都沒有，但是忽然間他的弓已引滿，箭已在弦，「嗖」的，一支箭射了出去。

小方沒有動，連眼睛都沒有眨，因爲他已看出這一箭的目標不是他。

這一箭射的是那尖臉鷹眼的白袍人，射的是他致命的要害。

衛天鵬好像始終沒有看過他一眼，但卻要一箭射穿他的咽喉。

「怒箭神弓」，百發百中，從來沒有失過手。

這一次卻是例外。

白袍人只伸出兩根手指，就將這可以在四十丈外射穿飛鷹的一箭挾住。

衛天鵬的瞳孔驟然收縮，瞳孔內忽然閃出了刀光。跟著他來的兩騎勁裝少年腰畔的旋風刀也已出鞘。

衛天鵬卻居然以掌中的鐵背弓擊落了他們手裡的刀。

少年怔住！

衛天鵬冷笑道：「你們知道他是誰？憑你們也敢在他面前拔刀！」

他慢慢的轉過身，面對白袍人，冷冷的接著道：「但是你若以為你躺在地上裝死就可以讓我認不出你，你也錯了。」

小方忍不住問：「你認得他？他是誰？」

衛天鵬道：「他就是卜鷹！」

二

卜鷹？

小方的眼睛睜大了。

無論誰看見這個人眼睛都會睜大的，因為江湖中幾乎已沒有比他更神秘的人。

小方輕輕吐出口氣，道：「想不到今天我總算見到了卜鷹。」

衛天鵬道：「我也想不到。」

小方道：「你跟他有仇？」

衛天鵬道：「沒有。」

小方道：「你為什麼要殺他？」

衛天鵬道：「我只不過要試試他究竟是不是卜鷹。」

小方道：「如果他是卜鷹，就絕不會死在你的箭下，如果他死了，就絕不會是卜鷹？」

衛天鵬道：「不錯。」

小方道：「如果他死了，死的只不過是個無足輕重的人，『怒箭神弓斬鬼刀』縱橫江湖，殺錯個把人有什麼關係？」

衛天鵬道：「一點關係都沒有。」

他冷冷的接著道：「為了三十萬兩黃金，就算殺錯三五百個人也沒關係。」

小方悚然道：「三十萬兩黃金？哪裡來的三十萬兩黃金？」

衛天鵬道：「我只知道黃金是從哪裡來的，卻不知道到哪裡去了。」

三

這一天是九月十六，距離鐵翼慘死，黃金失劫的時候才三四天，這件驚天動地的巨案，江湖中還沒有人知道。

小方道：「你是不是認為他知道？」

衛天鵬冷笑道：「卜大公子是千金之體，若不是爲了三十萬兩黃金，怎麼會到這既無醇酒，也沒有美人的窮荒僻壤來？」

小方道：「對。」

衛天鵬道：「卜大公子揮手千金，視錢財如糞土，若不是因爲常常有這種外快，哪裡來的這許多黃金讓他揮手散去？」

小方道：「對。」

他想了想，忽然又道：「只有一點不太對。」

衛天鵬道：「哪一點？」

小方道：「三十萬兩黃金究竟有多少？我也不知道，我從來都沒有看過這麼多的金子，我只知道就算有人肯把這三十萬兩黃金送給我，我也絕對搬不走的。」

他笑了笑，道：「你認爲這位卜大公子一個人就能把三十萬兩黃金搬走！」

衛天鵬冷冷道：「你怎麼知道他是一個人？」

卜鷹忽然道：「我確實是爲了這件事來的。」

衛天鵬的瞳孔又開始收縮。

卜鷹道：「我的開銷一向很大，這點金子我正好用得著。」

衛天鵬道：「是三十萬兩，不是一點。」

卜鷹居然也承認：「的確不是一點。」

衛天鵬道：「所以這批黃金無論落在誰手裡，要把它藏起來都很難。」

卜鷹道：「的確很難。」

衛天鵬道：「既然沒法子藏起來，就絕對沒法子運走。」

劫案發生的第三天早上，這地區中已偵騎密佈，就算要運三百兩黃金出去也不容易。

衛天鵬盯著卜鷹，冷冷道：「所以我看你不如還是把它交出來的好。」

卜鷹忽然用帽子蓋住了臉，不理他了。

小方卻忍不住道：「就算他是爲了這件事來的，這批黃金也未必已落在他手裡。」

衛天鵬道：「護送這批黃金的人是鐵翼。」

小方道：「鐵膽神槍鐵翼？」

衛天鵬點頭，又問道：「江湖中能殺他的人有幾個？」

小方不說話了。

衛天鵬一隻手握弓，另一隻手已握住了他腰畔的刀柄。

他的刀還未出鞘，可是他的瞳孔中已經露出了比刀鋒更可怕的殺機。

小方實在很想把卜鷹臉上蓋著的帽子掀起來，讓他看看這雙眼睛。

衛天鵬刀一出手，連鬼都能斬，何況是一個臉上蓋著頂帽子的人？

何況他壺中還有箭，比雷霆更威，比閃電更快的怒箭！

三 貓

一

帽子還在臉上，刀仍在鞘。

忽然間，沙丘後傳來一聲淒厲的慘呼。

「石米，柯拉柯羅。」

小方當然聽不懂這六個字的意思，可是他聽得出呼聲中充滿恐懼，一種可以將人的魂魄都撕裂的恐懼。

他聽到這聲慘呼時，衛天鵬已箭一般竄了出去，轉過了沙丘。

他本來已經連站都站不起來，但是他一向很好奇，「好奇」也是有限幾樣能激動人心的力量之一，也能激發人類最原始的潛力。

小方居然也跳了起來，跟著衛天鵬轉過沙丘。

一轉過沙丘，他就立刻看到了一幕他這一生永遠都忘不了的景象。

如果不是他的胃已經空了，他很可能會嘔吐。

馬在狂奔，人已倒下。

衛天鵬的旋風三十六把快刀，已倒下了三十四個。

他們的刀還未出鞘。

他們都是江湖中極有名的快刀手，可是他們來不及拔刀。

他們看來竟不像倒在人手裡的，而是垮在一隻貓的爪下，因爲他們每個人的臉上，都有三條彷彿是貓爪抓出來的血痕。

一個裝束奇異的藏人，一張久已被風霜侵蝕得如同敗革般的臉，已因恐懼而扭曲，正跪在地上，高舉著手，向天慘呼。

「石米，柯拉柯羅。」

二

蘇瑪今年五十一歲，從十三四歲時，就已開始做漢人的嚮導，除了他的族兄馬魯外，很少有人能比他更熟悉這片大沙漠。

無情的沙漠，就像是一個荒唐的噩夢，有時雖然也會出現些美麗的幻象，和令人瘋狂的海市蜃樓，但是最後的終結還是無窮的折磨。

了。

他已見過無數白骨。

他從來沒有如此害怕過，他怕得全身都在抽筋。

恐懼也是種會傳染的疾病，就像是瘟疫，看見別人害怕，自己也會莫名其妙的害怕起來。

小方忽然發覺自己的手腳都已冰冷，冷汗已經從鼻尖上冒了出來。

他跳起來的時候，卜鷹還躺著，臉上還蓋著頂帽子，等他轉過沙丘時，卜鷹已經在這裡

卜鷹的臉上連一點表情都沒有。

卜鷹身上每根血管流著的好像都不是血，是冰水。

但是小方卻聽見他嘴裡也在喃喃自語，說的也是那魔咒般的六個字。

「石米，柯拉柯羅。」

小方立刻問：「你懂不懂這是什麼意思？」

卜鷹道：「我懂。」

小方道：「你能不能告訴我？」

卜鷹道：「能。」

小方道：「石米的意思，是不是用石頭做成的米？」

卜鷹道：「不是，石頭不是米，石頭不能做米，石頭不能吃，石頭如果能吃，世上就沒有

餓死的人了。」

最後他才解釋：「那是藏語。」

小方道：「在藏語，石米是什麼？」

卜鷹道：「是貓。」

小方道：「貓？」

卜鷹道：「貓！」

貓是種很柔順，很常見的動物，連六七歲的小姑娘，都敢把貓抱在懷裡。

貓吃魚。

人也吃魚，吃得比貓還多。

貓吃老鼠。

有很多人怕老鼠，卻很少有人怕貓。

小方道：「貓有什麼可怕？連魚都不怕貓，魚怕的是人，抓魚的人。」

卜鷹道：「對。」

小方道：「只有老鼠才怕貓。」

卜鷹道：「錯。」

他兀鷹般的銳眼裡忽然露出種奇怪的光芒，彷彿在眺望著遠方某一處充滿了神秘、妖異，而邪惡的地方。

小方彷彿也被這種神情所迷惑，竟沒有再問下去。

衛天鵬還在想法子使蘇瑪恢復鎮靜，讓他說出剛才的經過，但是就連藏人最喜愛的青稞酒，都無法使他平靜下來。

過了很久，卜鷹才慢慢的接著道：「故老相傳，在大地的邊緣，有一處比天還高的山峰，山上不但有萬古不化的冰雪，而且還有種比惡鬼更可怕的妖魔。」

小方道：「你說的是不是聖母之水峰？」

卜鷹點點頭，道：「在峰上的妖魔就是貓，雖然牠身子已煉成人形，牠的頭還是貓。」

小方道：「柯拉柯羅是什麼？」

卜鷹道：「是強盜，一種最兇惡的強盜，不但要劫人的錢，還要吃人的血肉。」

他接著道：「他們大部份都是藏邊深山中的『果爾洛人』，他們的生活和語言都與別人不同，而且兇悍野蠻，比哈薩克人更殘酷。」

最後他又補充道：「『果爾洛』在梵文中還另外有種意思。」

小方道：「什麼意思？」

卜鷹道：「怪頭。」

小方嘆了口氣，道：「貓頭人身的妖魔，殘酷野蠻的怪頭強盜。」

他看著蘇瑪：「難怪這個人怕得這麼厲害，現在我都有點怕了。」

衛天鵬忽然拉起蘇瑪一隻不停在抽筋的手，把他的手指一根根扳開。

他手裡緊緊握著一面小旗，上面繡著的赫然正是一個貓首人身的妖魔。

蘇瑪又跪下來，五體投地，向這面旗幟膜拜，嘴裡唸唸有詞，每一句話中都有同樣六個字：「石米，柯拉柯羅。」

現在小方總算已明白這六個字的意思——

貓盜！

四　要命的人

一

現在蘇瑪總算已鎮靜下來，說出了他剛才親眼看見的事。

這三十四名旋風快刀手，就是倒在「貓盜」手裡的。

他們就像是鬼魂般忽然出現，他們的身子是人，頭是貓，額上長著貓耳般的角。

他們都有種妖異而邪惡的魔力，所以久經訓練的快刀手們，還來不及拔刀，就已慘死在他們手裡。

他們留下蘇瑪的這條命，只因爲他們要他轉告一句話給衛天鵬——殺人劫金的都是他們，無論誰再追查這件事，必死無疑，死了後還要將他的魂魄，拘在聖母之水山根下的冰雪地獄裡，受萬年寒風刺骨之苦，永世不得超生。

天色已漸漸暗了，天地間彷彿忽然充滿了一種邪惡肅殺的寒意。

小方很想找點青稞酒喝。

旋風快刀手的身上，就算沒有酒至少總帶著水，可惜貓盜不但奪走了他們的性命，連他們的羊皮水袋都被劫走。

衛天鵬靜靜的聽蘇瑪說完，忽然轉過身，盯著卜鷹：「你相信他說的話？」

卜鷹道：「我想不出他爲什麼要說謊。」

衛天鵬冷笑，道：「你相信世上真有那種貓頭人身的怪物？」

卜鷹道：「你不信？」

衛天鵬道：「無論什麼人只要戴上一個形式像貓頭的面具，就可以自稱爲貓盜。」

小方道：「無論什麼人都可以？無論什麼人都可以在一瞬間殺死你三十四個旋風快刀手？無論什麼人都可以殺死鐵膽神槍和他的鐵血三十六騎？」

衛天鵬不說話了。

就算這群貓盜不是妖魔，是人，一定也是些極可怕的人。

他們不但行蹤飄忽，而且一定還有種詭秘而邪異的武功。

卜鷹忽然道：「我只相信一點。」

小方道：「哪一點？」

卜鷹道：「如果他們要殺一個人，絕不是件困難的事。」

衛天鵬的臉色變了。

卜鷹冷冷的看著他，道：「還有一點你也應該明白。」

衛天鵬道：「你說。」

卜鷹道：「如果我是貓盜，現在你就已不是個活人！」

二

衛天鵬走了。

在他臨走前的那片刻間，小方本來以爲他會出手的。

他已經握住了他的刀，每一個指節都已因用力而發白。

他的刀法絕對可以名列在天下所有刀法名家的前十位，他的斬鬼刀鋒利而沉重，而且特別長，他的人也遠比卜鷹高大雄壯。

卜鷹卻很纖弱，除了那雙兀鷹般的銳眼外，其他的部份看來都很纖弱，尤其是他的一雙手，更纖弱如女子。

幾乎連小方都不信他能接得住名震天下的怒箭神弓斬鬼刀。

但是衛天鵬自己的想法卻不同，所以他走了，帶著他的「旋風三十六刀」中，僅存的兩個人走了，連一句話都不再說就走了。

衛天鵬無疑是個極謹慎的人，而且極冷酷。

他走的時候，連看都沒有看一眼躺在地上的那些刀手，他們雖然是他的子弟。

小方卻忍不住問他：「你為什麼不將他們埋葬了再走？」

衛天鵬的回答就像他做別的事一樣，都令人無可非議。

「我已經埋葬了他們。」他說：「天葬。」

卜鷹還沒有走。

他又躺了下去，躺在沙丘後的避風處，用那件寬大的白袍將全身緊緊裹住。

沙漠就像是個最多變的女人，熱的時候可以使人燃燒，冷的時候卻可以使人連血都結冰。

一到了晚上，這片酷熱如洪爐的大沙漠就會變得其寒澈骨，再加上那種無邊無際的黑暗，在無聲無息中就能扼殺天地間所有的生命。

現在天色已漸漸暗了，卜鷹顯然已準備留在這裡渡過無情的長夜。

小方在他旁邊坐下來，忽然對他笑了笑，道：「抱歉得很。」

卜鷹道：「為什麼要抱歉？」

小方道：「因為明天早上你醒來時，我一定還是活著的，你若要等我死，一定還要等很久。」

他已經找到了那隻曾經想食他屍體的鷹，現在他已準備吃牠。

他嘆息著道：「現在我才知道，到了不得已的時候，一個人和一隻食屍鷹就會變得沒有什麼不同了。」

卜鷹道：「平常的時候也沒什麼不同。」

小方道：「哦？」

卜鷹道：「你平常吃不吃牛肉？」

小方道：「吃。」

卜鷹道：「你吃的牛肉，也是牛的屍體。」

小方苦笑。

他只能苦笑，卜鷹說的話雖然尖銳冷酷，卻令人無法反駁。

赤犬還沒有倒下去。

牠能支持到現在，因爲小方將最後的一點水給了牠。因爲馬雖然是獸，可是馬的獸性卻比人少，至少牠不沾血腥。

牠不食屍體。

卜鷹忽然又道：「你不但有把好劍，還有匹好馬。」

小方苦笑道：「只可惜我這個人卻不能算是個好人。」

卜鷹道：「所以別人才會叫你要命的小方。」

小方道：「你知道？」現在天色已經看不見他的臉色，他的聲音中充滿驚訝：「你怎麼知道的？」

卜鷹道：「我不知道的事很少。」

小方道：「你還知道什麼？」

卜鷹道：「你的確是個很要命的人，脾氣怪得要命，骨頭硬得要命，有時闊得要命，有時又窮得要命，有時要別人的命，有時別人也想要你的命。」

他淡淡的接著道：「現在至少就有十三個人在追蹤你，要你的命。」

小方居然笑了笑，道：「只有十三個？我本來以爲來的還要多些。」

卜鷹道：「其實根本用不著十三個，只要其中的兩個人來了就已足夠。」

小方道：「哪兩個？」

卜鷹道：「搜魂手和水銀。」

小方道：「水銀？」

卜鷹道：「你沒有聽過這個人？」

小方道：「水銀是個人？是個什麼樣的人？」

卜鷹道：「誰也不知道他是個什麼樣的人，甚至連他是男是女都不知道。我也只知道他是個殺人的人，以殺人爲生。」

小方道：「這種人不止他一個。」

卜鷹道：「但是他要的價錢至少比別人貴十倍，因爲他殺人從來沒有失手過。」

小方道：「我希望他是個女的，是個很好看的小姑娘，如果我一定要死，能夠死在一個美女手裡總比較愉快些。」

卜鷹道：「他可能是個女的，可能是個很漂亮的小姑娘，也可能是個老頭子，老太婆。」

小方道：「也可能是你。」

卜鷹沉默著，過了很久，才緩緩道：「也可能是我。」

三

風更冷，黑暗已籠罩大地，兩個人靜靜的躺在黑暗中，互相都看不見對方的臉。又過了很久，小方忽然又笑了：「我實在不該懷疑你的。如果你就是水銀，現在我已經是個死人。」

卜鷹冷冷道：「我還沒有殺你，也許只因爲我根本不必著急。」

小方道：「也許。」

卜鷹道：「所以你只要一有機會，就應該先下手殺了我。」

小方道：「如果你不是水銀呢？」

卜鷹道：「殺錯人總比被人殺錯好。」

小方道：「我殺過人，卻從來沒有殺錯過人。」

卜鷹道：「可是我知道你至少殺錯了一個人。」

小方道：「誰？」

卜鷹道：「呂天寶。」

他又道：「你明明知道他是富貴神仙的獨生子，你明明知道你殺了呂天寶後，富貴神仙是絕不會放過你的，你當然也知道江湖中有多少人肯爲他賣命。」

小方道：「我知道！」

卜鷹道：「你爲什麼要殺他？」

小方道：「因爲他該殺，該死！」

卜鷹道：「可是你殺了他之後，你自己也活不久了。」

小方道：「就算我殺了他之後馬上就會死，我也要殺他。」

他的聲音忽然充滿憤怒：「就算我會被人千刀萬剮，打下十八層地獄去，我也要殺他，非殺他不可！」

卜鷹道：「只要你認爲是該殺該死的人，你就會去殺他，不管他是誰都一樣？」

小方道：「就算他是天王老子也一樣！」

卜鷹居然也嘆了口氣，道：「所以現在你只有等著別人來要你的命了！」

小方道：「我一直都在等，時時刻刻都在等。」

卜鷹道：「你絕不會等得太久的。」

五 瞎子

一

無邊無際的黑暗，死一般的靜寂，沒有光，沒有聲音，沒有生命。

小方也知道自己不會等得太久，他心裡已經有了不祥的預兆。

水銀是無孔不入的，絕不會錯過一點機會。

水銀流動時絕對沒有一點聲音。

你只要讓一點水銀流入你的皮肉裡，它就會把你全身的皮都剝下來。

一個人如果叫做「水銀」，當然有他的原因。

小方受的傷很不輕，傷口已潰爛，一隻鷹的血肉，並沒有使他的體力恢復，在他這種情況下，他好像只有等死。

等死實在是件很可怕的事，甚至比「死亡」本身更可怕。

卜鷹忽然又在問：

「你知不知道搜魂手是個什麼樣的人？」

「我知道。」

搜魂手姓韓，叫韓章。

他並不時常在江湖中走動，但是他的名氣卻很大，因爲他是「富貴神仙」供養的四大高手之一，他的獨門兵刃就叫做「搜魂手」，在海內絕傳已久，招式奇特毒辣，已不知搜去過多少人的魂。

卜鷹道：「但是還有件事你一定不知道。」

小方道：「什麼事？」

卜鷹道：「他另外還有個名字，他的朋友都叫他這個名字。」

小方道：「叫他什麼？」

卜鷹道：「瞎子。」

瞎子並不可怕。

但是小方聽見這兩個字，心就沉了下去。

瞎子看不見，瞎子要殺人時，用不著看見那個人，也一樣可以殺了他。

瞎子在黑暗中也一樣可以殺人。

沒有星光，沒有月色，在這種令人絕望的黑暗中，瞎子遠比眼睛最銳利的人更可怕。

卜鷹道：「他並沒有完全瞎，但是也跟瞎子差不多了，他的眼睛多年前受過傷，而且……」

他沒有說下去，這句話就像是忽然被一把快刀割斷了。

小方全身上下的汗毛在這一瞬間忽然一根根豎起。

他知道卜鷹爲什麼忽然閉上了嘴，因爲他也聽見了一種奇怪的聲音，既不是腳步聲，也不是呼吸聲，而是另一種聲音。

一種不能用耳朵去聽，耳朵也聽不見的聲音，一種只有用野獸般靈敏的觸覺才能聽見的聲音。

有人來了。

想要他命的人來了。

他看不見這個人，連影子都看不見，但是他能感覺到這個人距離他已越來越近。

二

冰冷的大地，冰冷的沙粒，冰冷的劍。

小方已握住他的劍。

他還是看不見這個人，連影子都看不見，但是他已感覺到一種奪人魂魄的殺氣。

他忽然往卜鷹那邊滾了過去。

卜鷹剛才明明是躺在那裡的，距離他並不遠，現在卻已不在了。

但是另外一定有個人在，就在他附近，在等著要他的命！

他不敢再動，不敢再發出一點聲音，他的身子彷彿在逐漸僵硬。

忽然間，他又聽見了一陣急而尖銳的風聲。

他十四歲起就開始闖蕩江湖，像是一條野狼般在江湖中流浪。

他挨過拳頭，挨過巴掌，挨過刀，挨過劍，挨過各式各樣的武器和暗器。

他聽得出這種暗器破空的風聲，一種極細小，極尖銳的暗器，這種暗器通常都是用機簧打出來的，而且通常都有毒。

他沒有閃避，沒有動。

他一動就死！

「叮」的一聲，暗器已經打下來，打在他身旁的沙粒上。

這個人算準他一定會閃避，一定會動的，所以暗器打的不是他的人，而是他的退路，不論他往哪邊閃避，只要他一動就死！

他沒有動。

他聽出風聲不是直接往他身上打過來的，他也算準這個人出手的意向。

他並沒有十成把握，這種事無論誰都絕不可能有十成把握的。

在這間不容髮的一剎那間，他也沒法子多考慮。

但是他一定要賭一賭，用自己的性命作賭注，用自己的判斷來下注。

這一注他下得好險，贏得好險。

但是這場賭還沒有結束，他一定還要賭下去，他的對手絕不肯放過他的。

這一手他雖然贏了，下一手就很可能會輸，隨時都可能會輸，輸的就是他的命，很可能連對手的人都沒有看見，就已把命輸了出去。

他本來就已準備要死的，可是這麼樣的死法，他死得實在不甘心。

他忽然開始咳嗽。

咳嗽當然有聲音，有聲音就有目標，他已將自己完全暴露給對方。

他立刻又聽到了一陣風聲，一陣彷彿要將他整個人撕裂的風聲。

他的人卻已竄了出去，用盡他所有的潛力竄了出去，從風聲下竄了出去。

黑暗中忽然閃起劍光。

在他咳嗽的時候，他已經抽出了他的劍，天下最鋒利的七把劍之一。

劍光一閃，發出了「叮」一聲，然後就是一聲鐵器落在地上的聲音。

這一聲響過，又是一片死寂。

小方已停止不再動，連呼吸都已停止。唯一能感覺到的，就是冷汗從他鼻尖往下滴落。

又不知過了多久，就像是永恆般那麼長久，他才聽到另外一種聲音。

他正在等待著的聲音。

一聽見這種聲音，他整個人就立刻虛脫，慢慢的倒了下去。

六 生死之間

一

他聽到的是一聲極輕弱的呻吟，和一陣極急促的喘息。

人只有在痛苦已達到極限，已完全無法控制自己時，才會發出這種聲音來。

他知道這一戰他又勝了，勝得雖然淒涼而艱苦，可是他總算勝了。

——他勝過，常勝，所以他還活著。

他總認爲，不管怎麼樣，勝利和生存，至少總比失敗好，總比死好。

可是這一次他幾乎連勝利的滋味都無法分辨，他整個人忽然間就已虛脫，一種因完全鬆弛而產生的虛脫。

四周還是一片黑暗，無邊無際的黑暗，令人絕望的黑暗。

勝利和失敗好像已沒有什麼分別，睜著眼睛和閉上眼睛更沒有分別。

他的眼簾漸漸闔起，已不想再支持下去，因爲生與死好像已沒有什麼分別了。

——你不能死！

——只要還有一分生存的機會，你就絕不能放棄。

——只有懦夫才會放棄生存的機會。

小方驟然驚醒，躍起。

不知道在什麼時候，黑暗中已有了光。

光明也正如黑暗一樣，總是忽然而來，誰也不知道什麼時候會來，但是你一定要有信心，一定要相信它遲早總會來的。

他終於看見了這個人，這個一心想要他命的人。

二

這個人也沒有死。

他還在掙扎、還在動，動得艱苦而緩慢，就像是一尾被困在沙礫中垂死的魚。

他手裡剛拿起一樣東西。

小方忽然撲了過去，用盡全身的力氣撲了過去，因爲他已看到這個人手裡拿著的這樣東西是個用羊皮做成的水袋。

在這裡，水就是命，每個人都只有一條命。

小方的手上已因興奮而發抖，野獸般撲過去，用野獸般的動作，奪下了水袋。

袋中的水已所剩不多，可是只要還有一滴水，也許就能使生命延續。

每個人都只有一條命，多麼可貴的生命，多麼值得珍惜。

小方用顫抖的手拔開水袋的木塞，乾裂的嘴唇感覺到水的芬芳，生命的芬芳，他準備將袋裡的這點水一口口慢慢的喝下去。

他要慢慢的享受，享受水的滋潤，享受生命。

就在這時候，他看見了這個人的眼睛。

一雙充滿了痛苦、絕望和哀求的眼睛，一雙垂死的眼睛。

這個人受的傷比他還重，比他更需要這點水，沒有水，這個人必將死得更快。

這個人雖然是來殺他的，可是在這一瞬間，他竟忘記了這一點。

因爲他是人，不是野獸，也不是食屍鷹。

他忽然發現一個人和一隻食屍鷹，無論在什麼情況下，都是有分別的。

人的尊嚴，人的良知和同情，都是他拋不開的，他忘不了的。

他將這袋水給了這個人，這個一心想要他命的人。

雖然他也曾經想要這個人的命，但是在這一瞬間，在人性受到如此無情的考驗時，他只有這麼做。

他絕不能從一個垂死的人手裡掠奪，不管這個人是誰都一樣。

這個人居然是個女人，等她揭起蒙面的黑巾喝水時，小方發現她是個女人，極美的女人。雖然看來顯得蒼白而憔悴，反而增加了她的嬌弱和美麗。

一個像她這樣的女人，怎麼會在如此可怕的大漠之夜裡，獨自來殺人？

她已經喝完了羊袋中的水，也正偷偷的打量著小方，眼睛裡彷彿帶著歉意。

「我本來應該留一半給你的。」她拋下空水袋，輕輕嘆息：「可惜這裡面的水實在太少了。」

他只有對她笑笑，然後才忍不住問：

「你是瞎子？還是水銀？」

「你應該看得出我不是瞎子。」

經過水的滋潤後，她本來已經很美的眼睛看來更明媚。

「你也不是水銀？」小方追問。

「我只是聽說過這名字，卻一直不知道他是個什麼樣的人。」

她又在嘆息：「其實我本來也不知道你是個什麼樣的人，只知道你姓方，叫方偉。」

「但是你卻要殺我？」

「我一直要來殺你，你死了，我才能活下去。」

了。」

「為什麼？」

「因為水，在這種地方，沒有水誰也活不了三天。」

她看看地上的空水袋，「我一定要殺了你，他們才給我水喝，否則這就是我最後一次喝水了。」

她的聲音充滿恐懼：「有一次我就幾乎被他們活活渴死，那種滋味我死也不會忘記，這一次我就算能活著回去，只要他們知道你還沒有死，就絕不會給我一滴水的。」

小方又對她笑笑。

「你是不是要我讓你割下我的頭顱來，讓你帶回去換水喝？」

她居然也笑了笑，笑得溫柔而淒涼。

「我也是個人，不是畜牲，你這麼對我，我寧死也不會再害你。」

小方什麼話都沒有再說，也沒有問她：「他們是誰？」

他不必問。

他們當然就是「富貴神仙」派來追殺他的人，現在很可能就在附近。

卜鷹已走了。

這個人就像大漠中的風暴，他要來的時候，誰也擋不住，要走的時候，誰也攔不住，你永遠猜不出他什麼時候會來，更猜不出他什麼時候會走。

可是赤犬仍在。

旭日已將昇起，小方終於開口。

「你不能留在這裡。」他忽然說：「不管怎麼樣，你都要回到他們那裡去！」

「爲什麼？」

「因爲只要太陽一昇起，附近千里之內，都會變成洪爐，你喝下的那點水，很快就會被烤乾的。」

「我知道，留在這裡，我也是一樣會被渴死，可是……」

小方打斷了她的話：「可是我不想看著你死，也不想讓你看著我死。」

她默默的點了點頭，默默的站起來，剛站起來，又倒下去。

她受的傷不輕。

小方剛才那一劍，正刺在她的胸膛上，距離她心臟最多只有兩寸。

現在她已寸步難行，連站都站不起來，怎麼能回得去？

小方忽然又道：「我有個朋友可以送你回去。」

她沒有看見他的朋友。

「這裡好像只有你一個人。」

「朋友不一定是人，我知道有很多人都不是朋友。」

他走過去，輕撫赤犬的柔鬃：「我也見過很多你把他當作朋友的人，都不是人。」

「你的朋友就是這匹馬？」她顯得很驚異：「你把一匹馬當作朋友？」

小方笑了笑，「我爲什麼不能把一匹馬當作朋友？」

他的笑容微帶苦澀：「我浪跡天涯，無親無故，只有牠始終跟著我，生死與共，至死不棄，這樣的朋友你有幾個？」

她垂下了頭，過了很久，才輕輕的問：

「現在你爲什麼跟牠分手？要牠送我回去？」

「因爲我也不想要牠陪我死。」

他輕拍赤犬：「牠是匹好馬，他們絕不會讓牠死的，你是個很好看的女人，他們也不會真的把你渴死，我讓牠送你回去，才是你們唯一的生路。」

她抬起頭，凝視著他，又過了很久，才輕輕的問：「你有沒有替你自己想過？你爲什麼不想你自己要怎麼樣才能活得下去？」

小方只對她笑笑。

有些問題是不能回答，也不必回答的。

她忍不住長長嘆息，說出了她對他的想法。

「你真是個怪人，怪得要命。」

「我本來就是。」

三

太陽已昇起。

大地無情，又變爲洪爐，所有的生命都已被燃燒，燃燒的終極就是滅亡，就是死。

小方已倒了下去。

赤犬也走了，背負著那個被迫來殺人的女人走了，也許牠並不想跟小方分手，可是牠不能違抗他，牠畢竟只不過是一匹馬而已。

附近已看不見別的生命，小方倒在火熱的沙礫上，勉強支持著，不讓眼睛閉上。

可是大地蒼穹在他眼中看來，彷彿都已變成了一團火燄。

他知道自己這一次是真的要死了，因爲他已看見了一種只有垂死者才能看得見的幻象。

他忽然看見了一行從酆都來的轎馬，出現在金黃色的陽光下。

每個人身上都彷彿在閃著黃金般的光芒，手裡都拿著黃金色的水袋，袋中盛滿了蜜汁般的甜水和美酒。

如果這不是他的幻覺，不是蒼天用來安撫一個垂死者的幻覺，就一定是冥冥中派來迎接他的使者。

他的眼睛終於閉了起來，他已死得問心無愧。

這一天已經是九月十七日。

七 抉擇

一

小方醒來時，立刻就確定了兩件事。

他還沒有死。

他是完全赤裸的。

他赤裸裸的躺在一張鋪著豹皮的軟榻上，這張軟榻擺在一個巨大而華麗的帳篷角落裡，旁邊的木几上有個金盆，盆中盛滿了比黃金更珍貴的水。

一個身材極苗條，穿著漢人裝束，臉上蒙著紗巾的女人，正在用一塊極柔軟的絲巾，蘸著金盆裡的水，擦洗他的身子。

她的手纖長柔美，她的動作輕柔而仔細，就像是收藏家在擦洗一件剛出土的古玉，從他的眉、眼瞼、唇，一直擦到他的腳趾，甚至把他指甲的塵垢都擦洗得乾乾淨淨。

一個人經歷了無數災難，出生入死後，忽然發覺自己置身在這麼樣一種情況下，他的感覺是驚奇？還是歡喜？

小方的第一種感覺卻好像犯了罪。

在沙漠中，居然有人用比黃金更珍貴的水替他洗滌，這已不僅是奢侈，簡直是罪惡。

——這裡的主人是誰？是誰救了他？

他想問。

可是他全身仍然軟弱無力，喉嚨仍然乾渴欲裂，嘴裡仍然苦澀，連舌頭都似將裂開。

這個陌生的蒙面女子雖然用清水擦遍了他全身，卻沒有給他一滴水喝。

所以他的第二種感覺也不是驚喜，而是憤怒。

但是他的怒氣並沒有發作，因爲他又忽然發現這帳篷並不是只有他們兩個人，另外還有個人正靜靜的站在對面的角落裡，靜靜的看著他。

一個有自尊的男人，在別人的注視下，完全赤裸著，像嬰兒般被一個陌生的女人洗擦。

這是什麼滋味？有誰能受得了？

現在這女人居然開始在擦洗他身上最敏感的部份，如果他不是太累、太渴、太餓，他的情慾很可能已經被挑引起來。

那種情況更讓人受不了。

小方用力推開這女人的手，掙扎著坐起來，想去喝金盆裡的水。

他一定要先喝點水，喝了水才有體力，就算還有別人在這盆水裡洗過腳，他也要喝下去。

可惜這女人的動作遠比他快得多，忽然捧起了這盆水，吃吃的笑著，鑽出了帳篷。

小方竟沒有力量追出去，也沒法子追出去。

他還是完全赤裸的，對面那個陌生的男人還在看著他。

現在他才看清這個人。

以前他從未見過這樣的人，以後恐怕也永遠不會再見到。

二

對面那個角落裡，有張很寬大、很舒服的交椅，這個人就站在椅子前面，卻一直都沒有坐下去。

第一眼看過去，他站在那裡的樣子跟別人也沒什麼不同。

可是你如果再多看幾眼，就會發現他站立的姿勢跟任何人都不同。

究竟有什麼不同？誰也說不出。

他明明站在那裡，卻讓人很難發現他的存在，因爲他這個人好像已經跟他身後的椅子，頭頂的帳篷，腳下的大地融爲一體。不管他站在什麼地方，好像都可以跟那裡的事物完全配合。

第一眼看過去，他是絕對靜止的，手足四肢，身體毛髮，全身上下每一個地方都沒有動，甚至連心跳都彷彿已停止。

可是你如果再多看幾眼，就會發現他全身上下每一個地方都彷彿在動，一直不停的動，如果你一拳打過去，不管你要打他身上什麼地方，都可能立刻會受到極可怕的反擊。

他的臉上卻絕對沒有任何表情。

他明明是在看你，眼睛也絕對沒有任何表情，就好像什麼東西都沒有看見一樣。

他掌中有劍，一柄很狹、很長、很輕的烏鞘劍。

他的劍仍在鞘內。

可是你只要一眼看過去，就會感覺到一種逼人的劍氣！他手上那柄還沒有出鞘的劍，彷彿已經在你的眉睫咽喉間。

小方實在不想再去多看這個人，卻又偏偏忍不住要去看。

這個人完全沒有反應。

他在看別人的時候，好像完全沒有感覺，別人去看他的時候，他也好像完全不知道。

天上地下的萬事萬物，他好像根本就沒有放在心上，別人對他的看法，他更不在乎。

因爲他關心的只有一件事……

他的劍！

小方忽然發覺自己手心濕了！

只有在勢難兩存的生死搏殺之前，他的手心才會發濕。

現在他只不過看了這個人幾眼，這個人既沒有動，對他也沒有敵意，他怎麼會有這種反應？

難道他們天生就是對頭？遲早總要有一個人死在對方手裡？

這種事當然最好不要發生，他們之間並沒有恩怨，更沒有仇恨，爲什麼一定要成爲仇敵？

奇怪的是，小方心裡卻似乎已有了種不祥的預兆，彷彿已看見他們之間有個人倒了下去，倒在對方的劍下，倒在自己的血泊中。

他看不見倒下去的這個人是誰。

三

銀鈴般的笑聲又響起。

那個蒙面的女人又從帳篷外鑽了進來，手裡還捧著那個金盆。

她的笑聲清越甜美，不但顯出她自己的歡悅，也可以令別人愉快。

小方卻十分不愉快，也想不通她爲什麼會笑得如此愉快？

他忍不住問：「你能不能給我喝點水？」

「不能，」她帶著笑搖頭道：「這盆水已經髒了，不能喝。」

「髒水也是水，只要是水，就能解渴。」

「我還是不能給你喝。」

「爲什麼？」

「因爲這盆水本來就不是給你喝的。」

她還在笑：「你應該知道在沙漠裡水有多珍貴，這是我的水，我爲什麼要給你喝？」

「你寧可用這盆水替我洗澡，卻不肯給我喝？」

「那完全是兩回事。」

爲什麼是兩回事？小方完全不懂，她的話實在讓人很難聽得懂。

幸好她已經在解釋。

「我替你洗澡，是我的享受。」

「你的享受？什麼享受？」小方更不懂。

「你是個身材很好的年輕男人，從頭到腳都發育得很好，替你洗澡，我覺得很愉快，如果讓你喝下去，就是另外一回事了。」

她笑得更甜：「現在你是不是已經明白了我的意思？」

小方也想對她笑笑，卻笑不出。

現在他雖然已經聽懂了她的話，卻不懂她怎麼能說出這種話來的？

這簡直不像人話。

她自己卻好像覺得很有道理：「這是我的水，隨便我高興怎麼用它，都跟你完全沒有關係，如果你要喝水，就得自己去想法子。」

她笑起來的時候，眼睛就彎彎的瞇了起來，像一鉤新月，又像是個魚鉤，只不過無論誰都能看得出她想釣的不是魚，而是人。

「如果你想不出法子來，我倒可以指點你一條明路。」

這是句人話。

小方立刻問：「我用什麼法子才能找到水，到哪裡去找？」

她忽然伸出一隻秀白的手，向小方背後指了指：「你只要回過頭就知道了！」

小方回過了頭。

不知道是在什麼時候，已經有個人從後面走入了帳篷。

平時就算有隻貓溜了進來，也一定早已被他發覺，可是他太累、太渴、太想喝水，只等到他回過頭，才看見這個人。

他看見的是衛天鵬。

四

衛天鵬身材高大，態度嚴肅，氣勢沉猛，十分講究衣著，臉上終年難得露出笑容，一雙稜稜有威的眼睛裡，充滿了百折不撓的決心。

無論在任何時候，任何地方，他都能保持別人對他的尊敬。

他做的事通常也都值得別人尊敬。

今年他五十三歲，二十一歲時，他就已是關中最大一家鏢局的總鏢頭，這三十年來，始終一帆風順，從未遇到過太大的挫折。

直到昨天他才遇到。

黃金失劫，他也有責任，他的親信弟子，忽然全都慘死。

但是現在他看來仍然同樣威嚴尊貴，那種可怕的打擊，竟未能讓他有絲毫改變。

小方用軟榻上的豹皮圍住了腰，才抬起頭面對衛天鵬。

「想不到是你救了我。」

「我沒有救你。」衛天鵬道：「誰也救不了你，只有你自己才能救自己。」

他說話一向簡短直接：「你殺了富貴神仙的獨生子，本來一定是要爲他償命的。」

「現在呢？」

「現在你應該已經死在沙漠中，死在她的手裡。」

他說的「她」，竟是那個蒙面的女人。

衛天鵬居然又問：「你知道她是什麼人？」

「我知道。」小方居然笑了笑：「她一定認爲我已認不出她了，因爲今天早上我看見她的時候，她還是個快要死了的可憐女人，被人逼著去殺我，反而中了我一劍，水袋裡又只剩下兩口水。」

他嘆了口氣：「因爲她也知道未必能殺得死我，所以早就留好退路，水袋裡的水當然不能帶得太多，免得被我搶走，樣子一定要裝得十分可憐，才能打動我。」

她一直在聽，一直在笑，笑得當然比剛才更愉快：「那時你就不該相信我的，只可惜你的心太軟了。」

衛天鵬忽又開口！

「可是她的心卻絕不軟，水銀殺人時，心絕不會軟，手也絕不會軟。」

這個女人就是水銀？無孔不入的水銀？

小方居然好像並不覺得意外。

衛天鵬又問：「你知不知道她爲什麼還沒有殺你？」

小方搖頭。

衛天鵬道：「因爲呂天寶已經死了，那三十萬兩黃金卻仍在。」

呂天寶跟那批黃金有什麼關係？

「只有一點關係。」衛天鵬道：「那批黃金也是富貴神仙呂三爺的。」

水銀道：「無論誰死了之後，都只不過是個死人而已，在呂三爺眼中看來，一個死人當然比不上三十萬兩黃金。」

她哈哈的笑著：「否則他怎麼會發財？」

衛天鵬道：「所以你只要幫我找出那三十萬兩黃金的下落，我保證他絕不會再找你復仇。」

小方道：「聽起來這倒是個很好的交易。」

水銀道：「本來就是的。」

小方道：「你們一直懷疑黃金是被卜鷹劫走的，我正好認得他，正好去替你們調查這件事。」

水銀道：「你實在不笨。」

衛天鵬道：「只要你肯答應，不管你需要什麼，我們都可以供給你。」

小方道：「我怎麼知道卜鷹的人到哪裡去了？」
衛天鵬道：「我們可以幫你找到他。」
小方沉吟著，緩緩道：「卜鷹並沒有把我當朋友，替保鏢的人去抓強盜，也不算丟人。」
衛天鵬道：「不錯。」
小方道：「我若不答應，你們就算不殺我，我也會被活活的渴死。」
水銀嘆了口氣，道：「那種滋味可真是不好受。」
小方道：「所以我好像已經非答應你們不可。」
水銀柔聲道：「你確實已經沒有別的路可走。」
小方也嘆了口氣，道：「看起來好像確實是這樣子的。」
水銀道：「所以你已經答應了？」
小方道：「還沒有。」
水銀道：「你還在考慮什麼？」
小方道：「我什麼都沒有考慮。」
衛天鵬道：「你究竟是答應，還是不答應？」
小方道：「不答應！」
他的回答直接而簡單得要命。

衛天鵬的臉色沒有變，可是眼角的肌肉已抽緊，瞳孔已收縮。

水銀眼睛裡卻露出種複雜而奇怪的表情，彷彿覺得很驚訝，又彷彿覺得很欣賞，很有趣。

她問小方：「你能不能告訴我，爲什麼不答應？」

小方居然又笑了笑：「因爲我不高興。」

這理由非但不夠好，根本就不能成爲理由。

真正的理由是什麼，小方不想說出來，他做事一向有他的原則，別人一向很難瞭解，他也不想別人瞭解。

無論做什麼事，他覺得只要能讓自己問心無愧就已足夠。

水銀輕輕嘆了口氣，道：「衛天鵬是不會殺你的，他從不勉強別人做任何事。」

小方微笑，道：「這是種好習慣，想不到他居然有這種好習慣。」

水銀道：「我也不會殺你，因爲我已經答應過你，絕不再害你。」

她也對小方笑了笑：「守信也是種好習慣，你一定也想不到我會有這種好習慣。」

小方承認：「女人能有這種好習慣的確不多。」

水銀道：「我們只不過想把你送回去，讓你一個人安安靜靜的躺在那裡等死。」

等死比死更痛苦，更難忍受。

可是小方不在乎！

「我本來就在等死，再去等等也沒什麼關係。」

「所以你還是不答應？」

「是的！」

他的回答還是如此直接簡單，簡單得要命！

八 劍客無名

一

帳篷外又颳起風，吹起滿天黃沙，白晝很快就將過去，黑暗就將來臨。

在這片無情的大地上，生命的價值本就已變得十分渺小，能活下去固然要活下去，不能活下去死又何妨？

小方又躺了下去，好像已經準備讓他們送回風沙中去等死。

就在他剛想閉上眼睛時，忽然聽見一個人用奇特而生冷的聲音問他：「你真的不怕死？」

他用不著張開眼睛看，就已知道這個人是誰了。

這個人一直靜靜的站在那裡，靜靜的看著他，目光從未移動過片刻，眼睛裡卻絕對沒有任何表情。

這個人在看著小方時，就好像一隻貓在看著一隻已經落入了蛛網的昆蟲。

他們本就是不同類的。

生命如此卑賤，生死間的掙扎當然也變得十分愚蠢可笑。

他當然不會動心。

但是現在他卻忽然問小方：「你真的不怕死？」這是不是因為他從未見過真不怕死的人？

小方拒絕回答這問題。

因為這問題的答案，他自己也不能確定。

但是他已經這麼樣做了，已經表現出一種人類在面臨生死抉擇時的尊嚴與勇氣。

有些問題根本就用不著言語來回答，也不是言語所能回答的。

這個人居然能瞭解。

所以他沒有再問，卻慢慢的走了過來，他走路的姿態也跟他站立時同樣奇特。

別人根本沒有看見他移動，可是他忽然就已到了小方躺著的那張軟榻前。

小方的劍就擺在軟榻旁那木几上，他忽然又問：「這是你的劍？」

這問題不難回答，也不必拒絕回答。

「是，是我的劍。」

「你使劍？」

「是。」

忽然間，劍光一閃，如驚虹閃電。

誰也沒有看見這個人伸手去拿劍、拔劍，可是木几上的劍忽然就已到了他手裡。劍已出鞘。

一柄出了鞘的劍到了他手裡，他這個人立刻變了，變得似乎已跟他手裡的劍一樣，也發出了驚虹閃電般的奪目光芒。

可是這種光芒轉瞬就已消失，因爲他掌中的劍忽然又已入鞘。

他的人立刻又變得絕對靜止，過了很久，才一個字一個字的說：

「世人鑄劍千萬，能稱爲利器卻只不過其中二三而已。」

「寶劍名駒，本來就可遇而不可求，萬中能得其一，已經不能算少了。」

「你的劍是利器。」

小方微笑：「你的眼也很利。」

這人又問：「你用它殺過人？」

「偶一爲之，只殺該殺的。」

「善用利器者，才能殺人而未被殺，你的劍法想必不差。」

「還算過得去。」

這人又沉默良久，忽然道：「那麼你另外還有條路可走。」

小方也忍不住問：「哪條路？怎麼走？」

「用你的劍殺了我！」他聲音全無情感：「你能殺我，你就可以不死。」

「否則我是不是就要死在你的劍下？」

「是的！」

他慢慢的接著道：「有資格死在我劍下的人並不多，你能死在我劍下，已可算死而無憾。」

這句話實在說得太狂，如果是別人說出的，小方很可能會笑出來。

小方沒有笑。

這句話不可笑，因爲他看得出這個人說的是真話，簡簡單單的一句真話，既沒有炫耀，也不是恫嚇，他說這句話時，只不過說出了一件簡單的事實。

不管怎麼樣，能死在這人的劍下，總比躺在那裡等死好。

能與這樣的高手決一生死勝負，豈非也正是學劍者的生平快事！

小方生命中的潛力又被激發——也許這已是最後一次，已經是他最後一分潛力。

他忽然一躍而起，抓住了他的劍。

「什麼時候？什麼地方？」

「你說。」

「就在此地，就是此刻。」

「不行。」

「我的人在此，劍也在此，爲什麼不行？」

「因爲你的人劍雖在，精氣卻已不在。」這人的聲音還是全無情感：「我若在此時此地殺了你，我就對不起我的劍。」

他淡淡的接著道：「現在你根本不配讓我出手！」

小方看著他，心裡忽然對他有了種從心底生出的尊敬。

因爲他尊敬自己。

這種尊敬已經超越了生死，超越了一切。

小方忽然說出件別人一定會認爲很荒謬的要求，他說：「你給我一袋水、一袋酒、一袋肉、一袋餅、一套布衣、一張毛氈，三天後我再來。」

這人居然立刻答應：「可以。」

衛天鵬沒有反應，就好像根本沒有聽見這句話。

水銀好像要跳了起來：「你說什麼？」

他轉過身，靜靜的看著她。全身上下都沒有任何動作和表情，只是很平靜的問：「我說的話你沒有聽清楚？」

「我聽清楚了。」水銀不但也立刻安靜下來，而且垂下了頭：「我聽得很清楚。」

「你有意見？」

「我沒有。」

二

水、酒、肉、餅、衣服、毛氈。對一個被困在沙漠裡的人來說，已不僅是一筆財富，它的意義已絕非任何言語文字所能形容。

小方已帶著這些東西離開他們的帳篷很久，情緒仍未平靜，太長久的飢渴已經使他變得遠比以前軟弱。軟弱的人情緒總是容易被激動。

他沒有向水銀要回他的赤犬。因爲他並不想走得太遠，免得迷失方向，找不到帳篷。

他也不想讓別人認爲他要走遠，因爲他決心要回來。

但是他絕不能留在那裡等到體力復元，只要他看見那個人，他就會受到一種無法抗拒的威脅。永遠都無法放鬆自己。

他一定要在這三天內使自己的精氣體力全都恢復到巔峰狀態，才有希望跟那個人一決勝負，如果他無法放鬆自己，就必敗無疑。

在一個無情劍客的無情劍下，敗就是死！

他總算在一片風化了的岩石旁找到個避風處，喝了幾口水，幾口酒，吃了一塊麥餅，一片肉脯，用毛氈裹住了自己。

冷風、黃沙、寒夜。

他立刻睡著了。

等他醒來時，第一眼看見的就是卜鷹。

寒夜又已過去，卜鷹的白衣在曉色中看來就像是幽靈的長袍，已經過魔咒的法煉，永遠都能保持雪白、乾淨、筆挺。

小方並不驚奇，只對他笑笑：「想不到你又來了。」

其實他並不是真的想不到，這個人無論在任何時候出現，他都不會覺得意外。

卜鷹忽然問了句很奇怪的話：「我看起來跟你第一次看見我時有什麼不同？」

「沒有。」

「可是你卻變得不同了。」

「有什麼不同？」

卜鷹的聲音中帶著譏誚：「你看起來就像是個暴發戶。」

小方笑了，他身旁的羊皮袋，卜鷹的銳眼當然不會錯過。

在這塊無情的大地上，如果有人肯給你這些東西，當然會要你先付出代價，現在他唯一能付出的，就是他的良知和良心。

卜鷹是不是已經在懷疑他？

小方沒有解釋。

在卜鷹這種人面前，任何事都不必解釋。

卜鷹忽然也對他笑了笑：「可是你這個暴發戶好像並沒有做什麼見不得人的事。」

有時不解釋就是種最好的解釋。

「我只不過遇見了一個人而已。」小方說：「他暫時還不想讓我被渴死。」

「這個人是誰？」

「是個準備在三天後再親手殺我的人。」

「他準備用什麼殺你？」

「用他的劍！」

卜鷹的目光掃過小方的劍：「你也有劍，被殺的很可能不是你，是他。」

「有可能，卻不太可能。」

「你有把好劍，你的劍法不很差，出手也不慢，能勝過你的人並不多。」

「你怎麼知道我的劍法如何？」小方問：「你幾時見過我出手？」

「我沒有見過，我聽過。」

「你聽過？」

小方不懂，劍法的強弱怎麼能聽得出？

「昨天晚上，我聽見你那一劍出手的風聲，就知道來刺殺你的那個人必將傷在你的劍下。」卜鷹淡淡的說：「能避開你那一劍的人也不多。」

「所以你就走了？」

「你既然暫時還不會死，我只有走。」卜鷹的聲音冷如刀削。「自己等死和等別人死都同樣不是件令人愉快的事。」

他的心是不是也和他的聲音同樣冷酷？

他走了，是不是因爲他知道小方已脫離險境？

小方先喝了口酒，含在嘴裡，再喝一口水把酒送下去。

他很想讓卜鷹也這麼樣喝一口，這樣喝法不但風味極佳，而且對精神體力都很有益。

他沒有讓卜鷹喝，就正如他不會向一個清廉的官吏施賄賂。

一個人的慷慨施予，對另一個人來說，有時反而是侮辱。

卜鷹無疑也看出了這一點，兀鷹般的冷眼中居然露出溫暖之意。

他忽然問：「你以前沒有見過那個人？」

小方搖頭。

「沒有。」他沉思著道：「當今天下的劍法名家，我差不多全都知道，卻始終想不出有他這麼一個人。」

「你當然想不出。」卜鷹眼中又露出深思的表情，一種已接近「禪」的深思。

過了很久，他才慢慢的接著說：「因爲真正的劍客，都是無名的。」

這句話也同樣已接近「禪」的意境，小方還年輕，還不能完全領悟。

所以他忍不住要問：「爲什麼？」

卜鷹也要思索很久才能解釋：「因爲真正的劍客，所求的只是劍法中的精義，所想達到的只是劍境中至高至深，從來沒有人能到達的境界。他的心已癡於劍，他的人已與他的劍連爲一體，他所找的對手，一定是能幫助他到達這種境界的人。」

他自覺他的解釋還不能令人滿意，所以又補充：「這種人既不會到江湖中去求名，甚至會將自己的名字都渾然忘記。」

小方也替他補充：「最主要的是，他們根本不希望別人知道他們的名字，因爲一個人如果太有名，就不能專心做他自己喜歡做的事了。」

卜鷹忽然長長嘆息：「你實在是個聰明人，絕頂聰明，只可惜……」

小方替他說了下去：「只可惜聰明人通常都很短命。」

卜鷹的聲音又變得如刀削：「所以三天後我一定會去替你收屍。」

這一天已經是九月十八。

九　烈日下

一

九月二十，晴。

這兩天白晝依然酷熱，夜晚依然寒冷，小方的體力雖然已漸恢復，情緒卻反而變得更緊張、更急躁。

這並不是因爲他對這次生死決戰的憂鬱和恐懼，而是因爲他太寂寞。

他實在很想找個人聊聊，卜鷹卻已走了，千里之內不見人跡。

緊張、酷熱，供應無缺的肉與酒，使得他的情慾忽然變得極亢奮。

他已有很久未曾接近女人。

他時常忍不住會想到那隻手，那隻纖秀柔美，將他全身每一寸地方都撫摸擦洗過的手。

他覺得自己彷彿已將爆裂。

所以九月十九的深夜，他就以星辰辨別方向，開始往那帳篷所在地走回去。

現在已是九月二十的凌晨，他又看到了那帳篷。

他自己也知道自己現在的情況絕對不適於跟那樣的對手交鋒。

可是他絕不肯迴避，也不會退縮。

有很多人都相信命運，都認為命運可以決定一個人的一生。

卻不知決定一個人一生命運的，往往就是他自己的性格。

小方就是這麼樣一個人，所以才會走上這條路。

他大步走向那帳篷。

二

巨大而堅固的牛皮帳篷，支立在一道風石斷崖下。

小方三天前離開這裡的時候，帳篷外不但有人，還有駝馬，現在卻已全部看不見了。

那些人到哪裡去了？

那些為人們背負食物和水，維持人的生命，卻終日要忍受人們無情鞭策的駝馬到哪裡去了？

這帳篷裡是不是已經只剩下那無情又無名的劍客一個人在等著他？

等著要他的命？

烈日又昇起。

小方任憑汗珠流下，流到嘴角，又鹹又苦的汗珠，用舌頭舔起來，就像是血。

他很快就會嚐到真正血的滋味了。他自己的血。

他拋下了他的毛氈、皮袋，和所有可能會影響他動作速度的東西，緊握住他的劍，走入了帳篷，準備面對他這一生中最可怕的對手。

想不到這帳篷裡竟連一個人都沒有。

劍客無名，拔劍無情，一出手就要置人於死地，這一劍不但是他劍法中的精華，也是他的秘密，他出手時當然不願有別人在旁邊看著。

能看到他這一劍的人就必將死在他的劍下！

所以小方曾經想到衛天鵬和水銀都已被迫離開這裡。

但是他從未想到那無名的劍客也會走，更想不通他爲什麼要走？

他們是同一類的人，無論在任何情況下，都絕不會臨陣脫逃的。

這裡是不是發生過什麼驚人的變化？發生過什麼讓他非走不可的事？

小方看不出。

帳篷所有的一切，都跟他三天前離開時完全一樣，金盆仍在木几上，那塊豹皮仍在——小方全身的肌肉忽然抽緊，忽然一個箭步竄到軟榻前。

他看見豹皮在動。

他一隻手握劍，另一隻手慢慢的伸出，很慢很慢，然後忽然用最快的速度將豹皮掀起。

豹皮下果然有個人。

這個人不是水銀，不是衛天鵬，更不是那無名的劍客。

這個人是個女人。

一個完全赤裸的女人。

小方一眼就可以確定他以前從未見過這個女人，這個女人和他以前所見過的任何女人都不同。

有什麼不同？

小方雖然說不出，卻已感覺到，一種極深入，極強烈的感覺，幾乎已深入到他的小腹。

他是個浪子。

他見過無數女人，也見過無數女人在他面前將自己赤裸。

她們的胴體都遠比這個女人更結實，更誘惑。

她看來不但蒼白而瘦弱，而且發育得並不好，但是她給人的感覺，卻可以深入到人類最原始的情慾。

因爲她是個完全無助的人，完全沒有抵抗力，甚至連抵抗的意志都沒有。

因爲她太軟弱，無論別人要怎麼對付她，她都只有承受。

——隨便任何一個男人，都可以對她做任何事。

一個女人如果給了男人這種感覺，無論對她自己，抑或對別人都是件很不幸的事。

因爲這種感覺本身就是種引人犯罪的誘惑。

三

小方衝了出去，衝出了帳篷，帳篷外烈日如火。

他站在烈日下，心也彷彿有火燄在燃燒。

他已將情感克制得太久。

他不想犯罪。

汗珠又開始往下流，克制情慾有時比克制任何一種衝動都困難得多。

他沒有走遠，因爲有些事他一定要弄清楚。

——這個女人是怎麼來的？衛天鵬他們到哪裡去了？

他再次走入帳篷時，她已經坐起來，用豹皮裹住了自己，用一雙充滿驚懼的眼睛看著他。

小方盡量避免去看她。

他不能忘記剛才那種感覺，也不能忘記她在豹皮下還是赤裸的。

可是有些話他一定要問，首先他一定要弄清楚她究竟是什麼人。

他問一句，她就回答一句。

她從不反抗，因爲她既沒有反抗的意志，也沒有反抗的力量。

「你是誰？」

「我叫波娃。」

她的聲音柔怯，說的雖然是中原常用的語音，卻帶著很奇怪的腔調。

她看來雖然是漢人，卻無疑是在大漠中生長的，她的名字也是藏語。

「你是衛天鵬的人？」

「我不是。」

「你怎麼會到這裡來的？」

「我來等一個人。」

「等誰？」

「他姓方，是個男人，是個很好很好的男人。」

小方並不太驚異，所以立刻接著問：

「你認得他？」

「不認得。」

「是誰叫你來等他的？」

「是我的主人。」

「你的主人是誰？」

「他也是個男人。」提到她的主人，她眼睛立刻露出種幾乎已接近凡人對神一樣的崇拜尊敬：「可是他比世上所有的男人都威武強壯，只要他想做的事，沒有做不到的，只要他願意，他就會飛上青天，飛上聖母峰，就像一隻鷹。」

「一隻鷹？」小方終於明白：「他的名字是不是叫卜鷹？」

「是。」

十 鍋裡的魚

一

她在這裡，是卜鷹叫她來的。

衛天鵬他們不在這裡，當然也是被卜鷹逼走的。

他替小方逼走了衛天鵬和水銀，替小方擊敗了那可怕的無名劍客。

只要他願意，什麼事他都能做得到！

小方忽然覺得很憤怒。

他本來應該感激才對，但是他的憤怒卻遠比感激更強烈。

那個殺人的劍客是他的對手，他們間的生死決戰跟別人全無關係，就算他戰敗、戰死，也是他的事。

他幾乎忍不住要衝出去，去找卜鷹，去告訴這個自命不凡的人，有些事是一定要自己做的——自己的戰鬥要自己去打，自己的尊嚴要自己來保護，自己的命也一樣。

他還有汗可流，還有血可流，那個自大的人憑什麼要來管他的閒事？

她一直在看著他，眼中已不再有畏懼，忽然輕輕的說：

「我知道你一定就是我在等的人。」

「你知道？」

「我看得出你是個好人。」她垂下頭：「因爲你沒有欺侮我。」

人類平等，每個人都有「不受欺侮」的權利，可是對她來說，能夠不受欺侮，已經是很難得的幸運。

她曾經忍受過多少人的欺壓凌侮？在她說的這句話中，隱藏著多少辛酸不幸？

小方的憤怒忽然消失，變爲憐憫同情。

她又抬起頭，直視著他：「我也看得出你需要什麼，你要的，我都給你。」

小方的心跳加快時，她已站起來，赤裸裸的站起來。

他想逃避時，她已在他懷裡。

「求求你，不要拋下我，這是我第一次心甘情願給一個男人，你一定要讓我服侍你，讓你快樂。」

他不再逃避。

他不能、不想，也不忍再拒絕逃避，因爲她太柔弱、太溫順、太甜蜜。

大地如此無情，生命如此卑微，人與人之間，為什麼不能互相照顧、互相安慰、享受片刻溫馨？

她獻出時，他接受了她。

他接受時，也同時付出了自己。

在這一瞬間，他忽然又有了種奇異的感覺，忽然覺得自己應該好好保護她，保護她一生。

烈日還未西沉，人已在春風裡。

「波娃。」他喃喃的說：「這兩個字是不是有什麼特別的意思？」

「這是藏語。」她喃喃的回答：「波娃的意思就是雪。」

雪，多麼純潔，多麼脆弱，多麼美麗。

他輕輕的嘆了口氣：「你的名字就像是你的人一樣，完全一樣……」

他的眼睛闔起，忽然就落入雖黑暗，卻甜蜜的夢鄉裡——他夢見自己已變成了一條魚。

不是水裡的魚，是鍋裡的魚！油鍋！

二

在烈日下，沙地上，釘著四個木樁，將一個人手足四肢用打濕了的牛皮帶綁在木樁上，再用同樣的一條牛皮帶綁住他的咽喉。

等到烈日將牛皮帶上的水份曬乾時，牛皮就會漸漸收縮，將這個人活活扼死，慢慢的扼死，死得很慢。

這就是沙漠中最可怕的酷刑。

死在這種酷刑下的人，遠比油鍋中的魚更悲慘、更痛苦。

沒有人能忍受這種酷刑。

在這種酷刑的逼迫下，就算最堅強的人也會出賣自己的良心。

小方醒來時，情況就是這樣子的。

三

烈火般的太陽正照在他臉上，小方雖然已醒來，卻睜不開眼。

他只能聽見聲音，他聽見了一個人在笑，聲音很熟悉。

「波娃，她的名字的確就像是她的人一樣。」

這是水銀的聲音：「只可惜你忘了雪是冷的，常常可以把人冷死，就算結成冰時，還可以削成冰刀，以前我有個朋友最喜歡用冰刀割男人，我見過有很多男人都被她用冰刀閹掉。」

她笑得真是愉快極了，遠比一個釣魚的人將親手釣來的魚放下油鍋更愉快。

魚是什麼感覺？

小方第一個感覺是「不相信」，他絕不相信波娃會出賣他。

不幸這是事實，事實往往會比噩夢更可怕，更殘酷。

現在他終於明白了。

波娃在帳篷裡等他，並不是卜鷹叫她去的。

她的主子並不是卜鷹，是水銀。

「現在你一定已經明白這是個圈套，這位雪姑娘對你說的根本沒有一句是真話，她的聲音雖甜如蜜，蜜裡卻藏著刀，殺人不見血的刀。」

波娃就在她身旁，不管她說什麼，波娃都一直靜靜的聽著。

她忽然一把揪住波娃的頭髮，把她蒼白的臉，按到小方面前。

「你睜開眼睛看看她，我敢打賭，直到現在你一定還不相信她會是個這樣的女人！」

小方睜開了眼，她的頭替他擋住了陽光，她的長髮在他臉上，她的眼睛裡空空洞洞的，彷佛什麼都沒有看見，什麼都沒有想。

她這個人彷佛已只剩下一副軀殼，既沒有思想情感，也沒有靈魂。

就在這一瞬間，小方已經原諒了她，不管她曾經對他做出過多可怕的事，他都可以原諒她。

水銀又道：「約你的人已經走了，因爲他已發現你根本不配讓他出手，衛天鵬想要你替他找回黃金，我卻只想要你的命。」

她慢慢的接著道：「我敢打賭，這次絕對沒有人來救你了。」

小方忽然笑了笑：「你賭什麼？賭你的命？」

水銀也對他笑笑：「只要你……」

她沒有說完這句話，她的笑容忽然凍結，因爲她已發現地上多了條影子。

陽光從她背後照過來，這條影子就是在她背後，是個人的影子。

這個人是從哪裡來的？是什麼時候來的？她完全沒有發覺。

影子就貼在她身後，動也不動。

她也不敢動。

她的手足冰冷，額上卻冒出了一粒粒比黃豆還大的汗珠。

「是什麼人？」她終於忍不住問。

影子沒有回答，小方替他說：「你爲什麼不自己回頭看看？」

她不敢回頭。

她只要一回頭，很可能就會有把利刃割斷她的咽喉。

一陣風吹過，吹起了影子的長袍，她看見從她身後吹過來的一塊白色的衣角，比遠方高山上的積雪還白。

小方又問：「現在你是不是還要跟我賭？」

水銀想開口，可是嘴唇發抖，連一個字都說不出，就在別人都認爲她已將因恐懼而崩潰時，她已從波娃身上翻出，踩住波娃的頭，掠出了三丈，不停的向前飛掠。

她始終不敢回頭去看背後這影子一眼，因爲她已猜出這個人是誰了。

在遠方積雪的聖峰上，有一隻孤鷹，在這片無情的地上，有一個孤獨的人。據說這個人就是鷹的精魂化身，是永遠不會被毀滅的。

生存在大漠中的人幾乎都聽過這傳說。

她也聽過。

四

卜鷹沒有追她，還是動也不動的站在那裡，用一雙鷹般的銳眼看著小方。

「你輸了。」他忽然說：「如果她真的跟你賭，你就輸了。」

「爲什麼？」

「因爲她說的不錯，這次的確沒有人會來救你。」

「你呢？」

「我也不是來救你的，我只不過碰巧走到這裡，碰巧站在她身後而已。」

小方嘆了口氣：「你是不是永遠都不要別人感激你？」

他也知道卜鷹絕不會回答這問題，所以立刻又接著道：「如果你碰巧需要五根牛皮帶，我這裡碰巧有五根，可以送給你，我也不要你感激我。」

卜鷹眼睛裡又有了笑意：「這樣的牛皮帶，我碰巧正好用得著。」

小方吐出口氣，微笑道：「那就好極了。」

十一　駝子

一

綁在小方手足四肢和咽喉上的牛皮帶都已解下，卜鷹將五根皮帶結成一條，忽然又問：

「你知道我準備用這幹什麼？」

「不知道。」

「我準備把它送給一個人。」

「送給誰？」

「送給一個隨時都可能會上吊的人，用這種牛皮帶上吊絕對比用繩子好。」卜鷹淡淡的說：「我不殺人，可是一個人如果自己要上吊，我也不反對。」

小方沒有再問這個人是誰，他根本沒有十分注意聽卜鷹說的話。

他一直在看著波娃。

波娃已被那一腳踩在地上，滿頭柔髮在風中絲絲飄拂，臉卻埋在沙子裡。

她一直都這樣躺著，沒有動，也沒有抬頭。

這是不是因爲她不敢抬頭面對小方？

小方很想就這樣走開，不再理她，可是他的心卻在刺痛。

卜鷹又在問他。

「你的劍呢？」

「不知道。」劍已不在他身旁。

「你不想找回你的劍？」

「我想。」

卜鷹忽然冷笑：「你不想，除了這個女人外，你什麼都沒有想。」

小方居然沒有否認，居然伸出了手，輕撫波娃被風吹亂了的頭髮。

在卜鷹面前，他本來不想這麼做的。

可是他已經做出來了，既不是出自同情憐憫，也不是因爲一時衝動，而是因爲一種無法描述，不可解釋的感情。

他知道這種感情絕不是卜鷹能夠瞭解的，他聽見卜鷹的冷笑聲忽然遠去。

天地間彷彿只剩下他們兩個人，可是他已不再孤獨。

他扶起她，用雙手捧起她的臉，她眼中仍是空空洞洞的沒有表情，卻有了淚。

淚痕滿佈在她已被沙粒擦傷的臉上，他忽然下定決心，一定要讓她明白他的心意。

「這不是你的錯，我不怪你，不管你以前做過什麼事，我都不在乎，只要我還能活一天，我就要照顧你一天，絕不讓你再受人擺佈，被人欺負。」

她默默的聽著，默默的流著淚，既沒有解釋她的過錯，也沒有拒絕他的柔情，不管他怎麼做，她都願意承受依順。

於是他挽起了她，大步往前走，能走多遠？能活多久？他既不知道，也不在乎。

他還沒有走出多遠，就聽見了一陣駝鈴聲，比仙樂還悅耳，比戰鼓更令人振奮的駝鈴聲。

然後他就看見了一隊他從未見過如此龐大的駝商。

無數匹駱駝，無數件貨物，無數人，他第一個看見的是個駝子，跛足、斷指、禿頂、瞎了一隻眼的駝子，看來卻仍然比大多數人高大兇悍。

對這種人說話是用不著兜圈子的。

「我姓方。」他直接了當的說：「我沒有水，沒有食糧，沒有銀錢，我已經迷了路，所以我希望你們能收容我，把我帶出沙漠去。」

駝子用一隻閃著光的獨眼盯著他，冷冷的問：「既然你什麼都沒有，我們爲什麼要收容你？」

「因爲我是個人，你們也是人。」

就因爲這句話，所以他們收容了他。

二

駝隊中的商旅來自各方，有裝束奇異而華麗的藏人，有雄壯堅忍的蒙人，有喜穿索衫的不丹人，也有滿面風塵，遠離故鄉的漢人。

他們販賣的貨物是羊毛、皮革、硼砂、磚茶、池鹽、藥材，和麝香。

他們的目的地是唐時的吐魯蕃國，都邏娑城，也就是藏人心目中的聖地「拉薩」。

他們組成的份子雖然複雜，卻都是屬於同一商家的，所以大家分工合作，相處極融洽，有的人照料駝馬，有的人料理飲食，有的人醫治病患，還有一組最強壯慓悍的人，負責防衛瞭望，對抗盜匪。

收容小方的駝子，就是這組人中之一。

小方已聽說他們的首領，是個綽號叫「班察巴那」的藏人，卻沒有見過他，因爲他通常都在四方遊弋。

他不在的時候，這一組人就由那駝子和一個叫唐麟的蜀人負責管轄。

要管轄這批人並不容易。

那駝子雖然是個殘廢，但是行動輕捷矯健，而且神力驚人，數百斤重的貨物包裹，他用一隻手，就能輕易提起。

小方已看出他無疑是個身懷絕技的武林高手。唐麟深沉穩重，手指長而有力，很可能就是以毒藥暗器威震天下的蜀中唐門子弟。可是他們提起「班察巴那」時，態度都十分尊敬。

小方雖然還沒有見到過這個人，卻已能想像到他絕不是容易對付的。

隊伍行走得並不快，駱駝本來就不善奔跑，人也沒有要急著趕路。

太陽一落山，他們就將駱駝圍成一圈，在圈子的空地上搭起輕便的帳篷，小方和波娃也分配到一個。

第一天晚上小方睡得很熟。

在這麼樣一個組織、守護都非常嚴密的隊伍裡，他已經可以安心熟睡。

他希望波娃也能好好的睡一覺，可是直到他第二天醒來時，她還是癡癡的坐在那裡，眼中已無淚，卻有了表情。

她眼中的表情令人心碎。

雖然她一直都沒有說過一句悔恨自疚的話，可是她的眼色已比任何言語所能表達的都多。

小方雖然已原諒她，她卻不能原諒自己。

他只希望時間能使她心裡的創痕平復。

他醒來時天還沒有完全亮，駝隊卻已準備開始行動。

他走出帳篷時，駝子已經在等著他。

「昨天我已將這裡的情況告訴過你，你已經應該明白，這裡每個人都要做事的。」

「我明白。」

「你能做什麼？」

「你要我做什麼，我就做什麼。」

駝子冷冷的看著他，獨眼中精光閃動，忽然閃電般出手。

他的手已經只剩下兩根手指，他出手時，這兩根手指好像忽然變成了一把劍，一根錐子，一條毒蛇，一下子就想咬住小方的咽喉。

小方沒有動，連眼睛都沒有眨，直到這兩根手指距離他咽喉已不及五寸時，他的身子才開始移動，忽然就已到了駝子的左側。

這時駝子的右拳已擊出，這一拳才是他攻擊的主力，他揮拳時帶起的風聲，已將帳篷震動。

可惜他攻擊的目標已經不在他計算中的方位了。

小方已看出他的指劍是虛招，小方動得雖然慢，卻極快，小方移動的方向，正是他這一拳威力難及的地方，也正是他防守最空虛之處，只要一出手，就可能將他擊倒。

小方沒有出手。

他已經讓對方知道他是不容輕侮的，他已將「以靜制動，以慢打快，後發先至，後發制人」這十六個字的精義表現出來。

駝子也不再出手。

兩個人面對面的站著，互看凝視了很久，駝子才慢慢的說：「現在我已經知道你能做什麼了。」他轉過身：「你跟我來。」

現在小方當然也已知道駝子要他做的是什麼。

為了生存，為了要活著走出這片沙漠，他只有去做。

他一定要盡力為自己和波娃爭取到生存的權利，不能不死的時候，他一定會全心全意的去求死，能夠活下去時，他也一定會全心全意的去爭取。

十二 暴死

一

唐麟身高不及五尺，體重只有五十一斤，可是全身上下，每一寸地方都充滿了可怕的勁力，每一塊肌肉，每一根骨骼，每一根神經，都隨時保持著最健全的狀況，隨時可以發出致命的一擊。

他屬下的人雖然都比他高很多，可是站在他面前時，絕不敢對他有一點輕視。

他們這一組的人，其中不但有來自關內的武林豪傑，也有關外的力士，異族的健兒。

現在他們又多了一個同伴。

「他姓方。」駝子將小方帶到他們每日凌晨的聚會地：「我想用他。」

「他有用？」唐麟問，只問了這一句。

「有！」

唐麟不再開口，他信任這個駝子。

他一向不多話。

可惜別人並不是這樣子的。

這一組的人飛揚跋扈，野性未馴，誰也沒有把別人看在眼裡。

幾個人交換了個眼色，第一個出頭的是馬沙。

馬沙高大粗壯，一身蠻力，是蒙藏一帶出名的勇士，也是數一數二的摔角好手，要找別人的麻煩，第一個出頭的總是他。

「我來試試他有多大本事！」

喝聲出口，他一雙連蠻牛都能摔倒的大手，已搭上小方的肩。

小方的人立刻被他摔得飛了出去。

馬沙大笑，剛剛笑出來，忽然就笑不出了，剛剛明明已經被他摔出去的人，忽然間又已回到他面前，還是站在原來的地方，還是原來的樣子，好像根本沒動過。

「好小子，果然有兩手。」

馬沙大吼，使出了摔角中最厲害的一著，據說他曾經用這一著摔死過一頭熊。

可是這次小方連動都沒有動，兩條腿就好像在地上生了根。

馬沙吐氣開聲，野獸般嘶吼，將全身氣力都使出。

這次小方動了。

他的肩輕輕一卸，他的手輕輕一帶，馬沙蠻牛般的身子忽然凌空翻了個觔斗，仰天跌倒，幾乎把沙地砸出一個坑來。

就在這時，一把寒光閃閃的解腕尖刀已出鞘，一刀刺向小方的腰。

「你再試試這一刀。」

這人先出手，再出聲，果爾洛族的戰士要殺人時都是這樣子的，「加答」就是他們之中最兇悍的戰士之一。

對他們來說，殺人就是殺人，只要能殺得死人，不管用什麼法子都同樣光榮。

喝聲出口，他的刀鋒幾乎已刺入了小方的腰，可惜他的手腕也已被小方扣住，然後他的刀就到了小方另一隻手裡。

小方淡淡的說：「你要殺我，我就該殺你，你殺不死我，就該死在我手裡。」

他問加答：「這樣子是不是很公平？」

加答頭上已經痛得冒出了汗，手腕幾乎已被折斷，卻還是咬著牙說：

「公平！」

小方笑了，忽然鬆開了他的手，把他的刀插回他那塗了油的牛皮刀鞘裡。

「我不能殺你，因爲你是個勇士，不怕死的勇士。」

加答瞪著他，忽然對著他伸出了舌頭，伸得很長很長。

他絕不是在做鬼臉，他臉上的表情嚴肅而恭敬。

然後他從懷中拿出一塊月白色的絲巾，用雙手捧上放在小方足下。

幸好小方已在這一帶走過很多地方，總算沒有誤解他的意思。

向人吐舌頭，就是藏人最高的禮節，表示他對你的尊敬。

那塊淡色的絲巾，就是藏人最重視的「哈達」，如果一個人向他獻出哈達，就表示他已經把你看作他最尊貴的朋友。

所以小方在這裡至少已經有了一個朋友。

二

沒有別的人再出手，每個人看著小方時，眼色都已跟剛才不同。

小方知道他們已接納了他。

駝子一直冷眼旁觀，這時才開口：

「我們這一組的代號是『箭』，現在你已是『箭組』的人，也得像別人一樣，每天輪班一次，我們這一次帶回去的貨物很貴重，只要有可疑的人想來動我們的貨物，你就可以殺了他。」

他冷冷的接著道：「你甚至可以用剛才加答要殺你的方法殺了他！」

唐麟道：「今天你是在黃昏時當班，我派加答跟你一班，到時他會去跟你連絡。」

駝子道：「現在你可以去照顧你的女人了。」

他的獨眼中忽然露出笑意：「那個女人看起來是個好女人，這裡的女人太少，男人太多，你要特別小心。」

小方默默的聽著，默默的走開，走出沒多遠，就聽見唐麟在問駝子。

「這個姓方的武功很不錯。」他問：「你知不知道他的武功來歷？」

「不知道！」

「你有沒有問過他？」

「沒有。」

「爲什麼不問？」

「因爲……」

小方沒有聽見他們下面說的話，因爲駝子的聲音忽然壓得很低，他也走遠了。

三

隊伍蜿蜒前行，走得很慢。

有的人爲了表示對聖地的嚮往虔誠，三步一拜，五步一叩。

波娃也分配到一匹駱駝，她癡癡的坐在駱駝上，眼中還是一片空洞迷惘，彷彿什麼事都沒有想，又彷彿想得太多。

小方心裡卻一直在想著駝子剛才說的那句話。

——我們這次帶回去的貨物很貴重，只要有可疑的人接近，你就殺了他！

小方不能不懷疑。

難道他們這次帶回去的這批貨物，就是那三十萬兩黃金？

難道這些人就是貓盜？

用這種方法來掩飾他們的身分雖然不能算太好，可是要將三十萬兩黃金運出沙漠，除了這法子外，也沒有再好的法子了。

「箭組」中那些來自各方的鬥士，如果戴上有貓耳的面具，豈非立即就可以變成貓盜？

他們的行跡雖然可疑，但是其中也有問題。

這麼龐大的隊伍行走在沙漠上，衛天鵬絕不會沒有注意到。

衛天鵬爲什麼沒有對他們採取行動？

如果他們真的是貓盜，爲什麼要接納小方這麼樣一個來歷不明的陌生人？

小方決定不再想下去。

不管怎麼樣，這些人總算對他不錯，如果不是他們收留了他，現在他很可能已經在兀鷹的肚子裡。

食水是被嚴格管制著的。

負責這件事的人姓嚴，叫嚴正剛，他的人如其名，剛正公直，一絲不苟。

在旅途中每個人都難免有病痛。

負責照料病患的，是個從關中流浪到這的落拓秀才，瘦弱佝僂，滿面病容，雖然他連自己的病都治不好，大家卻全都對他十分信任尊敬，都稱他爲宋老夫子。

小方很快就認得了他們，卻一直沒有見到那位行蹤飄忽的「班察巴那」，也沒有再見到衛天鵬。

衛天鵬竟似完全沒有注意到沙漠中有這麼樣一個龐大的隊伍。

黃昏。

駱駝又被圍成一圈，帳篷又架起。

波娃顯得更憔悴，更嬌弱，有時雖然會偷偷的看小方一眼，卻始終沒有開口過。

幸好她還是那麼順從，小方要她吃喝，她就吃喝，要她睡下，她就睡下。

這種態度更令人心酸。

他本來想多陪陪她的，可是加答已經來叫他去當值了。

貨物都已從駝背上卸下，集中在一個地方，堆得像個沙丘。

從黃昏到午夜，有十二個人分成六班巡邏，小方和加答就是其中之一，無論誰想要拆開一包貨物來看看，都很難不被發現。

小方根本已拒絕去想這件事。

「富貴神仙」的黃金已經太多了，分出一點給別人也無所謂。

天色剛暗，他們在貨物附近巡弋，加答始終故意落後一步，表示他對小方的尊敬。

小方不說話，他也絕不開口。

先開口的當然是小方：「我看得出馬沙也是個勇士，他是不是你的朋友？」

「是的。」加答的臉色很沉重：「但是我以後恐怕永遠看不見他了。」

「爲什麼？」小方很驚異。

「太陽還在天正中的時候，他要我陪他去放糞，我沒有糞，我沒有去，他去了。」

加答眼中露出了悲傷：「他去了後就沒有回來過。」

小方瞭解他的悲傷。

在沙漠中，造成死亡的原因實在太多，任何人隨時都可能忽然像野狗般死在沙礫上，除了他真正的朋友外，誰也不會關心他，更不會爲他悲傷。

天色更暗，遠處忽然響起一陣胡哨，兩匹快馬急馳而來。

隊伍中也有馬匹。

「這是唐麟派出去找馬沙的人回來了。」加答精神一振：「馬沙一定也回來了。」

快馬奔來，他已迎上去。

馬沙果然也回來了，回來的卻不是活馬沙。

這個神力驚人的勇士，數一數二的摔角好手，頭頸已被拗斷，竟是被人用摔角的手法活活扼死的。

是誰殺了他？爲什麼要殺他？

沒有人知道。

神秘而可怕的死亡陰影，已經像黑夜本身一樣，籠罩了這隊伍。

馬沙只不過是第一個暴死的人，他們回到巡邏的地方時，就發現了第二個。

箭組中的好手如雲，有的善用刀，有的善用劍，有的精於角力摔角，用長鞭的卻只有一個。

孫亮用的是蛇鞭，一丈三尺長的蛇鞭。

第二個暴死的人就是他，就是被他自己的蛇鞭活活絞死的。

跟他同班巡邏的馮浩也失蹤了，直到第三天凌晨，才找到他的屍身。

馮浩是金刀門的弟子，爲了一件命案，逃亡出關。

他用的是一柄金背砍山刀。

他的刀還在，頭顱卻不在，他的頭顱就是被他自己那柄金背刀砍下來的。

一夜中就已有三個人離奇暴死，可是神秘的死亡還只不過是剛剛開始。

十三　一劍穿心

一

午夜。

小方回到他的帳篷時，不但疲倦，而且沮喪。

暴死的三個人雖然跟他全無關係，但是兔死狐悲，他心裡也難免覺得很不好受。

這些日子來，他們遭遇到的每件事都令他失望。神秘的劫案，不幸的災難，暴戾的死亡，彷佛總是在跟隨著他。

冥冥中彷佛已有種邪惡的力量，將他和這些不祥的事連結在一起。

帳篷裡靜寂而黑暗，雖然他希望波娃能夠安慰他，但是他也瞭解她的心情，不管她是不是已經睡著，他都不願再打擾她。

摸索著找到一張毛氈，他靜靜的躺了下去，只希望能夠很快睡著。

他沒有睡著。

波娃光滑柔軟的身子已貼近他，他不但能感覺到她的溫暖，也能感覺到她一直在不停的顫抖，也不知是因爲緊張，還是因爲悲傷。

她看得出他需要安慰，所以她就給了他。

不管她自己的心情怎麼樣，只要她能夠給他的，用不著他要求，她也會給他。

這世界上如果有一個女人這麼樣對你，你會怎麼樣對待她？

小方忽然發現自己也開始在顫抖。

他們互相接納時，已不僅是情慾的發洩，情慾已昇華，他從未想到這種事也會變得這麼美。

等到一切都過去後，他心裡仍然充滿了甜蜜與溫馨。

他有過女人，可是他從未到達過這麼美的境界。

又不知過了多久，她忽然輕輕的說：「她是我的姐姐。」

波娃居然開口說話了，可是這句話卻說得很奇怪。

「誰是你的姐姐？」小方忍不住問：「難道那個惡毒的女人就是你姐姐？」

波娃輕輕點頭：「我從小就是跟著她的，她要我做什麼，我就做什麼。」

「你從來不反抗？」

「我從來沒有想到過。」

她非但不敢反抗，甚至連想都不敢想，所以她才會對他做那種事，她終於向他說出了她的苦衷。

什麼事都用不著再解釋，什麼話都不必再說。

小方忽然覺得心裡的沮喪和苦悶都已像輕煙般散去，世上已不再有什麼能值得他煩惱的事了。

他緊緊擁抱著她。

「從今以後，只要我活著，就絕不會讓你再被人欺侮。」

「你現在雖然這麼說，可是將來呢？」

太長久的苦難，已使她對人生失去信心：「誰知道將來會發生什麼事？說不定你也會變的。」

「不管將來發生什麼事，我都不會變，你一定要相信。」

「我相信。」她的臉貼著他的臉，臉上已有冰涼的淚珠：「我相信！」

二

長夜仍未過去。

最大的一個帳篷裡燈火通明，唐麟已將他這一組所有的人都召集到這裡來，小方也不例外。

這時距離孫亮的暴死已有四個時辰。小方已睡過一覺，別的人卻顯然沒有他幸運，每個人看來都很勞累疲倦。

唐麟的眼中佈滿血絲，神情卻還是很鎮靜。

「我們已分批出去搜查過，附近三十里之內，絕無人跡。」

他說得極有自信，他派出去的每個人，在這方面都是專家，如果他們說這附近三十里內沒有人跡，誰也不會找出一個人來。

「所以殺死孫亮他們的兇手，必定就是我們這隊伍裡的人，現在一定還留在隊伍裡。」

唐麟的聲音冰冷：「這隊伍中能殺死他們五個人的並不多。」

「五個人？」小方脫口問。

「是五個人。」唐麟冷冷道：「你睡覺的時候，又死了兩個，你一定睡得很熟，所以連他們死前的慘呼都沒有聽見。」

小方不再說話，也無話可說。

唐麟道：「他們五個人的來歷不同，武功門戶也不同，更沒有同時與人結仇，所以他們的死，絕對不是仇殺。」

可是殺人一定有原因，有動機。

殺人的動機通常只有兩種——財、色。

唐麟道：「他們被殺，一定是因爲有人想動我們這批貨。」

駝子直到這時才開口：「貨物已經被人動過，而且有十幾包貨都已被人割開，想必是因爲那個人先要看看這些貨是不是值得他動手。」

「如果是你，你認爲是否值得？」

「絕對值得。」

「這批貨一個人雖然搬不走，但是他如果能將我們一個個全都暗殺，貨就是他的了！」

唐麟的目光始終沒有正視小方：「現在我們雖然還不知道這個人是誰，但是我們一定能查出來，因爲這隊伍中每個人的來歷我們都已調查得清楚。」

其實並不是每個人，還有人是例外。

小方就是唯一的例外。

唐麟道：「在兇手還未查出之前，我們暫時留在此處，誰也不准離開隊伍。」

他忽然轉過頭，用一雙滿佈血絲的眼睛盯著小方：「尤其是你，你暫時最好不要離開你的帳篷一步。」

小方還是無話可說。

這些事都是在他來到後才發生的，無論誰都難免要對他懷疑。

唐麟也已不再掩飾這一點：「你最好現在就回到你的帳篷裡去。」

小方剛準備走，想不到居然有人替他說話了。

加答一直想說的。想說，又不敢說，現在才壯起膽子。

「不是他，他不是。」

「不是什麼？」

「不是你們說的那個人，我不是瞎子，他殺了人，我看得見。」

「你看得見？」

「我跟他，他跟我，就好像一個人跟一個人的影子，一直在一起。」

唐麟冷笑：「你抱著馬沙的屍體痛哭流涕時，你也看見他在那裡？」

加答不說話了。

他只有一根腸子，一根從嘴巴通到底的腸子，看見了就是看見了，沒看見就是沒看見。

唐麟用一隻青筋已暴出的手揉了揉他那雙發紅的眼睛。

「我的話已經說完了，我的意思你們一定完全都明白。」他揮了揮手：「你們走吧。」

每個人都走了。

小方走得最快，因爲他知道有人在等他，可以給他安慰。

他剛走入他的帳篷，剛看見蜷伏在毛氈中的波娃，就聽見一聲慘呼。

這次他沒有睡著，這次他聽得很清楚，慘呼聲就是從他剛才離開的那帳篷中傳出來的，而且就是唐麟的聲音。

三

唐麟已經死了，等他們趕回那帳篷時，唐麟已經死了。

一柄雪亮的劍，從他的前胸刺入，後背穿出。

一劍穿心而過。

十四 魔眼

一

帳篷裡依舊燈火通明。

一擊致命，一刺穿心的那柄劍，依舊留在唐麟的屍體上。

雪亮的劍，亮得就像是眼睛。

初戀少女的夢眼，黑夜中等著捕鼠的貓眼，飢餓時等著擇人而噬的虎眼，準備攫雞時的鷹眼，噩夢中的鬼眼。

如果你能想像到這幾種眼光混合在一起時是種什麼樣的光芒，你才能想像到這柄劍的光芒。

地上也閃著光。

不是這柄劍的亮光，而是一種曖昧的、陰森的、捉摸不定、閃動不停的寒光。

發出這種閃光的，是十三枚花芒般的鐵器。

剛才被召集的人現在大半都已回來，其中有很多人眼睛都很利。

可是他們雖然能看得出發光的是什麼，卻看不出它的形狀。

其中難免有人想撿起一枚來看看，看清楚些。

駝子忽然大喝：「不能碰，碰不得。」

只可惜他說得遲了些，已經有人撿起了一枚。

他剛撿起來，只看了一眼，他的瞳孔就已突然渙散，他的臉就已開始變色，變成一種曖昧的、陰森的死灰色，嘴角同時露出了一種詭秘而奇異的笑容。

每個人都在吃驚的看著他這種變化，他自己卻好像完全沒有感覺到。

他還在問：「你們看我幹什麼？」

這句話只有七個字，說出了這七個字，他的臉就已完全扭曲變形，他的人就好像一個忽然被抽空了的球，忽然萎縮，倒下。

他倒下時臉色已發黑，死黑，可是那種詭異的笑容卻還留在他臉上。

他已經死了，可是他自己好像不知道自己已經死了。

他好像還覺得很愉快。

別的人卻已全身發冷，從鼻尖一直冷到心裡，從心裡一直冷到足底。

有些見聞比較廣的人已經看出來他是中了毒，卻還是想不到他只不過用手撿起一樣東西就會中毒，毒性竟發作得這麼快。

只有幾個人知道他撿起的這樣東西，就是蜀中唐門威震天下，令天下英雄豪傑聞名喪膽的毒藥暗器。

小方知道的比任何人都多。

他不但知道這種暗器的可怕，也知道這柄劍的來歷。

二

「這是魔眼。」

駝子拔出了屍身上的劍，劍鋒上沒有留下一滴血，明亮如秋水般的劍鋒上，只有一點瑕疵，看來就像是一隻眼睛。

「魔眼？」有人忍不住問：「什麼是魔眼？」

「這柄劍的名字就叫做魔眼，是當今天下最鋒利的七柄劍之一。」

名劍就像是寶玉，本來是不應該有瑕疵的。

這柄劍卻是例外，這一點瑕疵反而更增加了這柄劍的可怕與神秘。

駝子輕撫劍鋒，獨眼中也有光芒閃動。

「唐麟雖然是蜀中唐門的旁支子弟，卻是唐家可以數得出的幾位高手之一，他的出手不但快而準，而且還練過峨嵋的仙猿劍。」

唐麟用的是柄軟劍，平時如皮帶般圍在腰上，他拔劍的速度也和他的暗器同樣快。

他的手經常都垂在腰畔，只要手一動，腰上的軟劍就已毒蛇般刺出。

可是這一次他連劍都沒有拔出來，對方的劍就已穿心而過。

這一劍實在太狠、太快！

他們彼此瞭解，都知道這隊伍中的人誰也使不出如此犀利迅急的劍法來。

他們以前也從未見過這柄劍。

兇手是誰？劍是誰的？

駝子忽然轉過頭，盯著小方。

「我想你一定也聽說過這柄劍的來歷。」

「我聽說過。」小方承認。

「這柄劍是不是已經落入一個姓方的年輕劍客手裡？」

「是。」

「這個姓方的人是不是叫方偉？」

「是。」

駝子獨眼中的光芒忽然收縮，變得像是一根針，一根刺，他一個字一個字的問：「你就是方偉？」

小方道：「我就是。」

這句話說出，每個人的瞳孔都已收縮，心跳都已加快，掌心都已沁出冷汗。

帳篷裡立刻充滿殺氣！

小方仍然保持鎮靜。

「這柄劍是我的，我的出手一向不慢，要殺唐麟也不難。」

心跳得飛快，有幾隻帶著冷汗的手，已經悄悄的握起兵刃。

小方卻像是沒有看見，淡淡的接著道：「只不過這次要真是我殺了唐麟，我爲什麼要將這柄劍留下來？難道我是個瘋子？難道我生怕別人不知道是我殺了他？」

他嘆了口氣：「這柄劍我得來並不容易，我絕不會把它留給別人的，不管那個人是死是活都一樣。」

駝子忽然大聲道：「有理。」

他的目光已從小方臉上轉開，從他屬下的臉上慢慢的掃視過去。

「如果你們有這樣一把劍，你們殺人後會不會把它留下來？」

沒有人會做這種事，就算是第一次殺人的生手，也不會如此疏忽愚蠢大意。

本來已握緊兵刃的手又放鬆了。

小方也不禁鬆了口氣，他忽然發覺這駝子不但明理，而且好像一直都是站在他這一邊的，一直都在暗暗保護他。

駝子又道：「但是兇手也絕不會是我們這隊伍中的人，這裡沒有人能一次殺死唐麟，也沒有人能從你手中奪去這柄劍。」

小方苦笑，道：「我已經有兩三天沒有看到這柄劍了，你應該記得，你第一次見到我的時候，這柄劍並不在我手裡。」

駝子立刻問：「怎麼會不在你手裡？在誰的手裡？」

小方沒有回答。

他想到衛天鵬，想到了水銀，想到了那可怕的無名劍客。

他甚至想到了卜鷹。

他們每個人都可能是殺死唐麟的兇手，卻又不太可能。

在這片幾乎完全沒有掩護物的空曠沙漠上，無論誰想要偷偷的侵入這帳篷，殺了人後再偷偷的溜走，都是不可能的。

他也相信這一組人的能力。如果附近有人走動，他們絕不會查不出來。

除非兇手已混入了這隊伍，而且完全沒有引起別人的注意。

可是這隊伍中每個人彼此都很熟悉，別的人要混進來，好像也絕無可能。

這些事小方都不能解釋，所以他只有閉著嘴！

駝子居然也沒有追問，只告訴他：「在兇手還沒有查出來之前，你還是不能離開，這柄劍你也不能帶走。」

小方嘆了口氣：「在兇手還沒有查出來之前，就算有人趕我走，我也不會走的。」

他說的是真心話。

連他自己都覺得，這些人的暴死，跟他多少總有點關係。

他也想查出兇手是誰。

駝子又在吩咐：「明天我們不走，誰也不能離開隊伍，三十五歲以下的男人，不管有沒有練過武，都要加入警衛。」

他忽然也嘆了口氣：「幸好班察巴那明天一定會回來了。」

三

長夜將盡，帳篷裡已經有了朦朧的曙光。

波娃還是像剛才一樣蜷伏在那裡，用毛氈蓋住頭。

這次她是真的睡著了，睡得很熟。

一個男人無論在經歷過多麼可怕的事件之後，回來時能夠看見一個這麼樣的女人在等著他，心裡總會充滿柔情與安慰。

小方坐下來，想掀起毛氈看看她，又怕將她驚醒，卻又偏偏忍不住伸出了手。

就在這時候，加答忽然像一隻地鼠般溜進了他的帳篷，手裡提著雙式樣奇特，手工精緻的小牛皮靴。

他的神色看來緊張而慎重，他忽然跪下來，用雙手將這雙皮靴獻給小方。

「這是喀巴沙。」他說：「我只有這一雙喀巴沙，就好像你只有一把魔眼。」

小方雖然聽不懂「喀巴沙」三個字，卻猜得出加答說的就是這雙靴子。

他雖然不太瞭解藏人的民俗，不知道藏人最看重自己的一雙腳，如果你想從藏人的裝束上看出他們的貧富，最容易的方法就是看他們腳上穿的靴子，其貴賤的懸殊，絕不是外人所能想像得到的。

小方雖然不知道「喀巴沙」就是藏人所穿的靴子最華貴的一種，甚至在波斯都引以爲貴，但卻看得出加答對這雙靴子的重視，甚至已將這雙靴子與那柄威懾江湖的名劍相提並論。

加答又接著說：

「我沒有穿過這雙喀巴沙，我的腳有臭汗，我不配穿，可是我本來也絕不會把它留給別人，可是我現在獻給你。」

「爲什麼？」小方當然要問：「我不會把魔眼獻給你，你爲什麼要把這雙喀巴沙獻給我？」

「因爲你要走了，要走很遠很遠的路，要走得很快很快，你需要一雙好靴子保護你的腳。」

「我爲什麼要走？」

「因爲班察巴那就要回來了。」加答說：「別人懷疑你，可是別人不敢動你，別人都怕你，怕你怕得要命。」

加答用衣袖在擦汗：「可是班察巴那不怕，班察巴那誰都不怕，班察巴那一回來，你就會像馬沙一樣死掉。」

他的聲音已因恐懼而發抖，像他這樣的戰士，爲什麼會對一個人如此害怕？

小方又忍不住要問：「班察巴那，他……」

他沒有說完這句話，波娃已忽然驚醒，忽然從毛氈裡鑽出來，吃驚的看著他：「你剛才說了四個字，你在說什麼？」

「班察巴那。」小方道：「我正想問我的朋友，班察巴那是個什麼樣的人。」

波娃的身子忽然也開始發抖，看來甚至比加答更害怕。

她忽然緊緊擁抱住小方。

「班察巴那要來了，你一定要快走快走。」

「爲什麼？」

「你知道不知道聖母峰下第一位勇士是誰？你有沒有聽說過五花箭神？」波娃的聲音都已嘶啞：「班察巴那就是五花箭神。」

十五 五花箭神

一

在酷熱如洪爐的沙漠中，在熱得令人連氣都透不出的屋裡，你依然可以看到遠處高山上的皓皓白雪。

在你已經快熱死的時候，遠處的雪峰依然在望。

只有在這裡，你才能看見這樣的奇景，那麼就算你不是藏人，你也應該能瞭解，藏人的思想為什麼會如此浪漫？如此神秘，如此空幻？

這種思想絕不是一朝一夕所能造成的，經過了千百代浪漫、神秘而美麗的生活後，其中當然會產生許多神話。

其中最浪漫、最神秘、最美麗的一種神話，就是五花箭神。

五花箭神用藏語來說，就是班察巴那。

在藏人最原始古老的經典文字中記載，班察巴那的箭，是——

「百發百中的，鋒利無比的，箭羽上有痛苦的心，箭鏃上有相思之心，直射人心。」

班察巴那掌管著人世間最不可抗拒的力量，情與慾。他的箭上飾滿鮮花，他的弓弦是緊密的絲。

他是永遠年輕的。

他是天上地下，諸神中最美的一位少年郎。

他有五枝銳箭，一枝堅強如金，一枝溫柔如春，一枝嬌媚如笑，一枝熱烈如火，一枝尖銳如錐。

他的力量沒有人能抗拒。

波娃和加答說的這個班察巴那不是神，是人，是他們心目中的第一名戰士，第一名勇士。

他的力量就像神一樣不可抗拒。

只可惜小方就算會聽從他們的勸告，要走時也已太遲了。

帳篷外已傳來熱烈的歡呼聲！

「班察巴那回來了，班察巴那回來了！」

二

班察巴那牽著他那匹高大神駿的白馬，靜靜的站在那裡，接受他的族人們歡呼。

他已離開他們三天，在這塊無情的大地上，過了三天絕對孤寂艱苦的生活，可是烈日、風沙、勞累，都不能讓他有絲毫的改變。

他的衣著依舊鮮明華麗，看來依舊像天神般英俊威武。

——沒有任何人，任何事能擊倒班察巴那，也沒有任何危險困難是他不能克服的。

永遠都沒有。

帳篷裡黑暗而安靜，外面的歡呼聲已停止，甚至連駝馬都不再嘶鳴。

因爲班察巴那需要休息，需要安靜。

雖然他經常都在接受別人的歡呼，但是他卻寧願一個人靜靜的躺在黑暗裡。

他天生就是個孤獨的人，他喜愛孤獨，就好像別人喜愛榮耀和財富。

他靜靜的在黑暗中躺下來，現在已經沒有別人能看見了。

他英俊發光的臉忽然變得說不出的蒼白疲倦。

可是只要有一個人在，他的光采立刻就會像火燄般燃燒起來。

他絕不讓他的族人對他失望。

他是藏人。

雖然他曾經入關無數次，在中原、在淮陰，都曾經生活了很久，甚至連大江南北都曾有過他的足跡。

但他仍是藏人，穿藏人傳統的服裝，吃藏人傳統的飲食，喜愛外地人不能進口的「蒽泥」，喝顏色漆黑如墨汁的酥油茶，和青稞酒。

他生而爲藏人，他以此爲榮。

他的族人也以他爲榮。

他在等小方。

這兩天發生的事他已知道了，駝子已經簡單扼要的向他報告。

他的判斷也跟別人一樣，唯一可疑的人就是小方。

「魔眼」就在他手邊，他拔出來，輕撫劍鋒，忽然問：「這是你的劍？你就是那個要命的小方？」

他還沒有看見小方，可是他知道已經有人到了他的帳篷外，來的一定是小方。

終年生活在危險中的人，雖然通常都有種野獸般的奇異反應，可是他這種反應無疑比別人更靈敏。

「這是我的劍。」小方已進來：「我就是那個要命的小方。」

本來靜臥著的班察巴那，忽然已標槍般站在他面前，冷眼在黑暗中發光。

「我聽說過你，別人還在流鼻涕時，你已在流血。」

「流的通常都不是我的血。」

「能讓別人流血的人，自己就得先流血。」班察巴那的聲音聽來居然異常溫柔：「現在唐麟的血已冷了，你呢？」

「我的血仍在，隨時都在準備流出來。」

「很好。」班察巴那的聲音更溫柔：「殺人者死，以血還血。」

他的聲音溫柔如春水，小方的聲音也很平靜。

「只可惜沒有殺人的人有時也會死的。」小方道：「我若死了，真正的殺人者就將永遠逍遙法外。」

「殺人的不是你？」

「不是。」小方道：「這一次不是。」

班察巴那靜靜的看了他很久：「你還沒有逃走，也不想逃走，你的態度很鎮定，呼吸也很均勻，的確不像是個犯了罪的人。」

他彷彿在嘆息：「只可惜就憑這一點，還是不能證明你無罪。」

小方立刻就問：「要怎麼樣才能證明？」

班察巴那沉思著，過了很久。

他才慢慢的說：「我是藏人，藏人們都很迷信，我們都相信，沒有罪的人，是絕不會被冤枉的。」

現在已是黎明，帳篷中有了光，已經可以看見他的一張弓和一壺箭。

他忽然提起弓箭走出去：「你也出來。」

小方走出帳篷時，才發現外面已聚了很多人，每個人都像石像般靜靜的站著，等著他們的英雄來裁決這件事。

班察巴那用弓梢指著五丈外的一個帳篷。

「你先站到那裡去，我再開始數，數到『五』字，我才會出手，我數得絕不會太快，以你的輕功，等我數到『五』時，你已可走出很遠。」

他輕拍腰畔的箭壺：「我只有五根箭，如果你真是無辜的，我的箭一定射不中你。」

小方忽然笑了。

「百發百中的五花箭神，要用這種法子來證明一個人是不是無辜，這真是個好主意。」

班察巴那沒有笑：「如果你認為這法子不好，另外還有個法子。」

小方問：「什麼法子？」

班察巴那另一隻手上，還提著小方的「魔眼」，他忽然將這柄劍插在小方面前的沙地上。

「用這柄劍殺了我。」他淡淡的說：「只要你能殺了我，就不必再證明你是否無辜了，只要你能殺了我，不管你做過什麼事，都絕對沒有人再問。」

十六 箭神的神箭

一

凌晨，陽光初露。

劍鋒在旭日下閃著光，班察巴那的眼睛也在閃著光。

他是人，不是青春永駐的神，他的眼角已經有了皺紋。

但是在這初昇的陽光下，他看來還是神。

小方相信他說的話。

他的族人和屬下還是靜靜的站在那裡，不管他說什麼，他們都會服從的。

拔劍殺人並不難。

小方對自己的劍法一向有自信，應該拔劍的時候，他從不退縮逃避。

班察巴那又在問：「兩種法子，你選哪一種？」

小方沒有回答，默默的開始往前走，走到五丈外的帳篷前停下。

他已用行動代替回答。

他轉過身，面對班察巴那道：「你已經可以開始數了，最好數得快一點，我最怕久等。」

班察巴那只說了一個字：「好！」

所有的人都已散開，在他們之間留下塊空地。

「一、二、三、四……」

五花箭神慢慢的抽出了他的第一枝神箭，黃金色的箭桿，黃金色的箭鏃。

百發百中，直射人心的神箭，溫柔如春，嬌媚如笑，熱烈如火，尖銳如錐，堅強如金。

他數得並不快，可是終於已數到「五」字。

小方居然站在那連動都沒有動。

以他的輕功，不管班察巴那數得多快，數到「五」字時，他至少已在數丈外。

可是他連一寸都沒有動。

「五」！

這個字說出口，每個人都聽見了一陣尖銳的風聲響起，尖銳得就像是群魔的呼嘯。

每個人都看見班察巴那的第一根箭，可是箭壺忽然已空了。

他的五枝箭幾乎是在同一刹那間發出去的。

小方還是沒有動。

急箭破空的風聲已停止，五枝黃金般的箭並排插在他的腳下。

他根本沒有閃避。

也不知道是因爲他算準班察巴那只不過是在試探他，所以根本不必閃避，還是因爲他知道如果閃避，反而避不開了。

不管他心裡是怎麼想的，這次他又是在用他的命做賭注。

這一注他又押對了。

可是一個人如果沒有鋼鐵般的意志力，怎能像他這樣下注？

人群中忽然爆起歡呼，加答忽然衝出去，跪下去吻他的腳。

班察巴那孤獨的冷眼也露出笑意。

「現在你總該相信了，一個無辜的人，是絕不會被冤殺的。只要你無辜，這五枝箭就絕對射不到你身上，不管我是不是五花箭神都一樣。」

這不是迷信，這是種極爲睿智的試探，只有無罪的人，才能接受這種考驗。

只有小方自己知道，他全身衣服幾乎都已濕透了。

他一直在不停的冒冷汗。

班察巴那走過去拍他的肩，手上立刻沾到他的冷汗。

「原來你也有點害怕的。」

「不是有一點害怕。」小方嘆了口氣：「我怕得要命。」

班察巴那笑了，他的族人和屬下也笑了，大家都已有很久未曾看過他的笑容。

就在他們笑得最愉快時，忽然又聽見一聲慘呼，每個人都想不出慘呼聲赫然竟是那駝子發出來的。

二

本來堆得很整齊的貨物包裹，現在已變得凌亂，有很多包裹都已被割開，露出了各種貨物和珍貴的藥材。

——只有貨物和藥材，沒有黃金。

小方已經注意到這一點，割開這些包裹的人，是不是也爲了要查明這一點？

衛天鵬他們是不是已經來了？

駝子就倒在一包麝香旁，衣服已被鮮血染紅，他自己的血，他同伴的血。

致命的一擊是刺在他胸膛上的，用的是劍。

小方立刻想到了那無情又無名的劍客。

駝子不但武功極高，從他身上的無數傷痕，也可看出他必定身經百戰，能夠一劍刺入他致命要害的人，除了那無名的劍客還有誰？

這一劍雖然必定致命，駝子卻還沒有死。

有種人不但生命力比別人強，求生的意志也比別人強。

駝子就是這種人。

他還在喘息、掙扎，爲生命而掙扎，他的臉已因痛苦恐懼而扭曲。

但是他的眼睛裡卻是另外一種表情，一種混合了驚訝和懷疑的表情。

一個人只有在看見自己認爲絕對不可能發生的事卻發生了的時候，眼睛裡才會有這種表情。

——他看見了什麼？

班察巴那俯下身，將一塊藏人認爲可治百病的臭酥油塞入他嘴裡。

「我知道你有話要告訴我。」班察巴那輕拍他的臉，想振起他的生命：「你一定要說出來。」

駝子的眼角跳動，終於說出了幾個字。

「想不到……想不到……」

「想不到什麼？」班察巴那又問。

「想不到殺人的竟是他。」

「他是什麼人？到哪裡去了？」

駝子的呼吸已急促，已經沒法子再發出聲音，沒法再說話。

可是他還有一隻眼睛，有時眼睛也可以說話的。

他的眼睛在看著最遠的一個帳篷。

一個頂上掛著黑色鷹羽的帳篷——黑色的鷹羽，象徵的是疾病、災難，和死亡。

這個帳篷裡的人，都是傷病極重，已經快死的人。

除了負責救治他們的那位夫子先生外，誰也不願進入那帳篷。

——兇手是不是已進入那帳篷去了？

班察巴那沒有再問，也不必再問，他的人已像他的箭一般竄了過去。

小方也跟了過去。

他們幾乎是同時竄入這帳篷的，所以也同時看見了兩個人。

小方連做夢都沒有想到，會在這個帳篷裡，看見這兩個人。

他幾乎不能相信自己的眼睛。

他第一個看見的人竟是波娃，本來應該在他的帳篷裡等候他的波娃。

他第二個看見的赫然竟是卜鷹！

三

卜鷹靜靜的站在那裡，依然冷酷鎮定，依然銳眼如鷹，依然白衣如雪。

波娃蜷伏在他面前，美麗的眼睛裡充滿了驚駭與恐懼。

他們都不該在這帳篷裡的，可是他們都在。

兇手已逃入這帳篷內，帳篷裡別無退路，他們之間，必定有個人是兇手。

這兩個人之中——誰會殺人？

小方冷冷的看著卜鷹，沉重嘆息。

「我也想不到是你，我一直都認爲你真的從不殺人。」

卜鷹的臉上全無表情：「世上本來就有很多令人想不到的事，金子可以讓人做出很多很多連他自己都想不到的事來。」

小方道：「我知道你也在找那批金子，可是你……」

他沒有說下去。

波娃已投入他的懷抱，眼睛裡已有淚水湧出：「帶我走，求求你帶我走吧。」

小方輕撫她的柔髮：「我一定會帶你走，你本就不該來的。」

可是她已經來了。

小方不能不問：「你怎麼會來的？」

波娃含著淚搖頭：「我不知道，我真的不知道，我只想趕快走。」

班察巴那忽然開口。

「她不能走。」他的聲音不再溫柔：「誰也不能帶她走。」

「爲什麼？」小方問。

「因爲要別人流血的人，自己也得流血。」班察巴那又將他自己說過的話重複一遍：「殺人者死，以血還血。」

這是江湖人的真理，無論在中原、在江南、在沙漠都同樣適用。

小方緊緊握住波娃的手：「你應該看得出殺人的不是她。」

班察巴那道：「你看得出?你看出了什麼?」

他忽然改變話題：「我們這些人，這些貨物，都是屬於一個商家的。」

「哪一個商家？」

「鷹記。」

「鷹記？」小方的手已發冷：「飛鷹的鷹？」

飛鷹的鷹，就是卜鷹的鷹，他吃驚的看著卜鷹：「你就是他們的東主？」

「他就是。」

班察巴那道：「我們收容你，就因爲他是我們的東主，我們信任你，也是因爲他，否則你剛才很可能已死在我的箭下。」

小方全身都已冰冷。

班察巴那道：「就算他要搜索那批黃金，也不會搜到他自己的隊伍中來，就算他要搜查這批貨，也用不著殺人。」

他冷冷的問：「現在你是不是已經應該知道殺人的是誰了？」

波娃的手比小方更冷，淚比手更冷。

她緊緊擁抱住小方，她全身都在顫抖，像她這麼樣一個女孩子，怎麼會是個冷血的兇手？

小方不信。

小方寧死也不願相信。

「我只知道殺人的絕不是她。」他把她抱得更緊：「誰也沒有看見殺人的是誰。」

「你一定要親眼看見殺人的是誰？你一定要親眼看見才相信？」班察巴那問。

卜鷹忽然嘆了口氣：「就算他真的親眼看見了，也不會相信的。」

四

如果小方是個很理智、很有分析力的人，現在已經應該明白了。

事實已經很明顯。

衛天鵬他們早已知道卜鷹是這隊商旅的東主，一直都在懷疑卜鷹用這隊商旅做掩護，來運送那三十萬兩失劫的黃金。

可是他們不敢動這個隊伍。

卜鷹的武功深不可測，江湖中人都知道他從未敗過。

「五花箭神」班察巴那名震關外，是藏人中的第一位勇士，第一高手。

衛天鵬不但對這兩個人心存畏懼，對這隊伍中每個人都不能不提防。

因爲這隊伍中每個人都可能是貓盜，如果真的火併起來，他們絕對沒有致勝的把握。

他們只有在暗中來偵查，黃金是不是在這隊伍的貨物包裹裡。

他們本來想利用小方來做這件事。

想不到這個要命的小方偏偏是個不要命的人，他們只有想別的法子。

要查出黃金是否在這些貨物包裹裡，一定要先派個人混入這隊伍中來。

這個人一定要是個絕對不引人注意，絕不會被懷疑的人。

這個人一定要像尺蠖蟲般善於僞裝，一定要有貓一般靈敏輕巧的動作，蛇一般準確毒辣的攻擊，巨象般的鎭定沉著，還要有蜜一般的甜美，水一般的溫柔，才能先征服小方。

因爲小方是唯一能讓這個人混入這隊伍的橋樑。

他們居然找到了一個這樣的人。

波娃。

如果小方還有一點理智，現在就應該看出這件事的真相。

只可惜小方不是這種人。

他並不是沒有理智，只不過他的理智時常都會被情感淹沒。

他並不是想不到這些事，只不過他根本拒絕去想。

他根本拒絕承認波娃是兇手。

班察巴那當然也看出了這一點。

「沒有人看見她殺人，沒有人能證明她殺過人。」

班察巴那說：「可是你也同樣不能證明她是無辜的。」

小方立刻明白他的意思！

「你是不是又想用剛才那法子證明？」

「是的。」班察巴那說：「五花箭神的箭，絕不會傷及無辜的人。」

小方冷笑：「只可惜你並不是真的五花箭神，你只不過是個人，你心裡已認定了她有罪。」

班察巴那道：「這次你是不是還有什麼更好的法子？」

小方沒有更好的法子。

世上已沒有任何人，能想出任何方法來證明她是無辜的。

波娃忽然掙脫小方的懷抱，流著淚道：「你雖然說過，只要你活著，就不讓別人欺負我，可是我早就知道這是做不到的，每件事都會改變，每個人都會改變。」

她的淚珠晶瑩：「所以現在你已經可以忘記這些話，就讓他們殺了我，就讓我死吧！」

她還是那麼柔弱，這麼溫順，她還是完全依賴著小方。

她寧願死，只因爲她不願連累小方。

誰也沒有看見她殺人，可是這一點每個人都看得很清楚。

卜鷹忽然嘆了口氣：「讓她走。」

班察巴那很驚訝：「就這麼樣放她走？」

「不是這麼樣放她走。」卜鷹道：「你還得給她一袋水、一袋食糧，一匹馬。」

他淡淡的接著道：「最快的一匹馬，我要讓她走得越快越好。」

班察巴那沒有再說話。

他對卜鷹的服從，就好像別人對他一樣。

小方也沒有再說什麼，卜鷹做的事，每次都讓他無話可說。

他默默的拉著波娃的手，轉過身。

卜鷹忽然又說：「她走，你留下。」

「我留下？」小方回頭：「你要我留下？」

「你要我放她走，你就得留下。」

「這是條件？」

「是！」

卜鷹的回答簡短而堅決，這已是他最後的決定，任何人都不能改變的決定。

小方明瞭這一點。

他放開了波娃的手。

「只要我不死，我一定會去找你，一定能找到你。」

這就是他對波娃最後說的話，除此之外，他還能說什麼？

十七　血染白衣

一

波娃默默的走了。

她也沒有再說什麼，小方目送她走出去，看著她柔弱纖秀的背影。

他希望她再回頭看看他，又怕她回頭。如果她再回過頭——

他說不定就會不顧一切，跟著她闖出去。

她沒有回頭。

班察巴那也走了，臨走的時候，忽然對小方說了句很有深意的話。

「如果我是你，我也會像你這麼做的。」他的聲音中絕沒有譏誚之意：「像她這樣的女人實在不多。」

快走到帳篷外時，他又回過頭：「可是如果我是你，以後我絕不會再見她。」

小方緊握雙拳，又慢慢鬆開，然後再慢慢的轉過身，面對卜鷹。

他想問卜鷹：「你既然肯放她走，爲什麼要我留下？」

他沒有問出來。

波娃和班察巴那一走出去，卜鷹的樣子就變了，小方面對他時，他已經倒了下去，倒在用獸皮堆成的軟墊上，小方從未見過他如此疲倦衰弱。

他蒼白的臉上全無血色，可是他雪白的衣服上卻已有鮮血滲出。

血跡就在他胸膛上，距離他的心口很近。

「你受了傷？」小方失聲問：「你怎麼會受傷！」

卜鷹苦笑。

「只要是人，就會受傷。利劍刺入胸膛，無論誰都會受傷的。」

小方更吃驚！

「江湖中人都說你是從來不敗的，我也知道你身經百戰，從未敗過一次。」

「每件事都有第一次。」

「是誰刺傷了你！」

卜鷹還沒有回答，小方已經想到了一個人，如果有人能刺傷卜鷹，一定就是那個人。

——無名的劍客，無情的劍。

小方立刻問：

「你已經跟他交過手？」

卜鷹沉默了很久，才慢慢的說：「當代的七大劍客，我都見過，雖然我並沒有跟他們交過手，但是他們的劍法我都見過。」

他在嘆息：「他們之中，有的人已老，有的人生活太奢華，有的人劍法太拘謹，昔年被江湖公認的當代七大劍客，如今都已過去，所以我沒有跟他們交手，因爲我知道我一定能勝過他們。」

這不是回答，所以小方又問：「他呢？」

卜鷹當然也知道小方說的「他」是什麼人。

「我已經跟他交過手。」卜鷹終於回答：「我敢保證，七大劍客中，絕沒有一個人能接得住他這一劍的……」

這一劍，無疑就是刺傷卜鷹的這一劍……

「我從未見過那樣的劍法，我甚至連想都沒有想到過。」卜鷹慢慢的接著道：「我只能用六個字來形容這一劍。」

「哪六個字？」

「必殺！必勝！必死！」

「可是你還沒有死。」小方彷彿在安慰他，又彷彿在安慰自己：「我看得出你絕不會死的。」

卜鷹忽然笑了笑！

「你怎的看得出我不會死？」

他的笑容中帶譏誚：「我留下你，說不定就是爲了要你在這裡等我死，因爲我也曾留在你身邊，等著你死。」

譏誚有時也是種悲傷。一種無可奈何的悲傷，有時往往會用譏誚的方式表達。

小方也瞭解。

除了對自己的感情外，對別的事他通常都能瞭解。

他慢慢的坐下來，坐在卜鷹身旁。

「我等你。」他說：「不是等你死，是等你站起來。」

烈日又昇起，帳篷裡卻顯得分外陰暗寒冷。

卜鷹已閉著眼睛躺了許久，也不知是不是睡著了，這時忽然又張開眼，看著小方！

「有兩件事，一定要告訴你。」

「你說。」

「那個無名的劍客並不是真的沒有名字，他姓獨孤，叫獨孤癡，不是癡於情，是癡於劍。」

卜鷹嘆息著：「所以你千萬不能與他交手，癡於情的人，一定會死在癡於劍的人之劍下，這一點你絕對不能不信。」

小方只問：「第二件事呢？」

卜鷹又沉默了很久才開口。

「你是個浪子。」他道：「有的浪子多金，有的浪子多情，有的浪子愛笑，有的浪子愛哭，不過所有的浪子都有一點相同。」

「哪一點？」

「空虛。」卜鷹強調：「孤獨、寂寞、空虛。」

他慢慢的接著道：「所以浪子們如果找到一個可以讓自己覺得不再孤獨的人，就會像一個溺水者抓到一根木頭，死也不肯放手了，至於這根木頭是不是能載他到岸，他並不在乎，因爲他心裡已經有了很安全的感覺，對浪子們來說，這已足夠。」

小方當然明白他的意思。

他說的正是小方一直隱藏在心底，連碰都不敢去碰的痛苦。

一個人，一柄劍，縱橫江湖，快意恩仇，浪子的豪情，也不知有多少人羨慕。

因爲別人永遠不會知道他們心底的空虛和痛苦。

卜鷹道：「可是你抓到的那根木頭，有時非但不能載你到岸，反而會讓你沉得更快，所以你應該放手時，就一定要放手。」

小方握緊雙拳，又慢慢鬆開：「你爲什麼要對我說這些話？」

卜鷹道：「因爲你是我的朋友。」

朋友。

聽到這兩個字從卜鷹嘴裡說出來，小方真的吃了一驚，甚至比看見他白衣上的血跡時更吃驚，只覺得心裡忽然有一股熱血上湧，塞住了咽喉。

卜鷹坐起，從身旁拿起一個羊皮袋，袋裡不是那種淡而微酸的青稞酒。

「這是天山北路的古城燒。」他說：「這種酒比大麯還烈得多。」

他自己先喝了一口，將羊皮袋交給小方。

辛辣的烈酒，喝下去就像熱血一樣。

「你怕不怕醉？」

「連死都不怕，爲什麼要怕醉？」

卜鷹銳眼中又有了笑意，忽然漫聲而歌。

兒須成名，
酒須醉。
醉後暢談，
是心言。

這是西藏詩人密拉勒斯巴的名句，簡簡單單、普普通通的十四個字裡，卻帶著種說不出的滋味，也像是男兒們的熱血一樣。

二

卜鷹還沒有死，小方也沒有走。

隊伍又開始前行，終於將到距大吉嶺二百五十里的「聖地」拉薩。

晴空萬里，雲淡天青，遠處雪峰在望，小方的心情彷彿也開朗了許多。

可是他並沒有忘記波娃。

卜鷹看得出這一點。

「還有件事我一定要告訴你。」有一天他對小方說：「不管你信不信，我都要告訴你。」

「什麼事？」

「波娃的意思是雪，雪是水結成的，雪的顏色潔白如銀。」

卜鷹道：「波娃才是真正的水銀。」

小方沒有反應。

他正在眺望遠處高峰上的積雪，彷彿根本沒有聽見卜鷹在說什麼。

卜鷹又道：「失劫的黃金還沒有找到，衛天鵬還是不會放過我，死去的兒子永遠不能復生，呂三爺也一定不會放過你。」

他慢慢的接著道：「現在我們『箭組』中的人已傷亡大半，他們絕不會讓我們平安回到拉薩去的。」

這兩天晚上，隊伍歇下時，小方彷彿聽見遠處隱隱有馬蹄奔騰的聲音。

衛天鵬是不是已調集了人手，準備跟他們作最後一戰？

「前面有個隘口，藏人們都稱之爲『死頸』。」卜鷹道：「如果我算得不錯，他們此刻一定已經在那裡等著我！」

三

死頸。

只聽這兩個字，小方已可想像到那隘口地勢的險峻，四山環插，壁立千仞，如果有人在那裡埋伏突擊，這隊伍中能活著過去的人絕不會多。何況埋伏那裡的，必定都是衛天鵬那組織中的精銳。

小方也不禁擔心：「你準備闖過去？」

卜鷹冷笑：「他們就想我闖過去，我爲什麼要讓他們稱心如願？」

小方又問：「除了那隘口外，還有沒有別的路可走？」

「沒有。」卜鷹道：「但是我們並不是一定非要過去不可。」

「不過去又如何？」

「等。」卜鷹道：「我們也可以等，等他們來。」

「他們會來？」

「一定會來，而且很快就會來，因爲我們能等，他們不能。」

「爲什麼？」小方問。

「他們的人手已集中，正是士飽馬騰，鬥志最旺盛的時候，他們算準了這一戰必勝，一擊得手後，就可以開宴慶功了，所以他們身上絕不會帶著太多糧食和水，因爲這一戰過後，我們的糧食和水就全都是他們的了。」

卜鷹冷冷的接著道：「所以他們不能等，我們不過去，他們一定會過來。」

「然後呢？」

「我已吩咐過，在那隘口三十里之外紮營。」卜鷹道：「他們等不到我們，鬥志已衰，再奔馳三十里來找我們，氣力也已弱，我們就在那裡以逸待勞，等他們來送死……」

他不僅看得準，而且算無遺策，不僅可以拔劍傷人於五步之內，而且可以運籌帷幄，決勝於千里之外。

小方不能不承認他的確是江湖少見的奇才，只不過小方還是在擔心。

「他們就算來了，也未必是來送死的。」

「哦？」

「衛天鵬既然已決心要勝這一戰，這一次必定精銳盡出，再加上獨孤癡和搜魂手，我們這邊能跟他們一決勝負的人有幾個？」

卜鷹的白衣上又有鮮血沁出，這一戰之後，他的白衣必將被鮮血染紅。

但是他的神情卻仍然極鎮靜，忽然道：「我知道不管這一戰我們有多大機會，你都絕不會走的，否則你也不必爲我擔心了。」

小方的胸口又熱了。

一個朋友的瞭解，總是比任何事都令他感動。

卜鷹看著他，冷酷銳利的目光忽然變得很柔和：「我受了傷。我們的人手的確不夠，但是我們並不是完全沒有機會。因爲我們有一樣東西是衛天鵬他們絕對沒有的。」

他慢慢的接著道：「我們有生死與共，死也不會臨陣脫逃的朋友。」

小方忽然大聲道：「不管怎麼樣，這次你一定要將獨孤癡留給我。」

卜鷹又靜靜的看了他很久，目中又有了笑意。

「這次獨孤癡恐怕不會來。」

「爲什麼？」

卜鷹道：「你一定也聽過班察巴那最喜歡說的一句話。」

小方知道是那句話。

——要讓別人流血，自己也得流血。

卜鷹道：「我承認獨孤癡是天下無雙的劍客，可是他要讓我流血，他自己也得付出代價。」

小方立刻問：「他也受了傷？」

卜鷹沒有回答這句話，只淡淡的說：「不管怎麼樣，如果他來了，我一定把他留給你。」

四

還未到黃昏，隊伍就已停下。

根據加答的報告，這裡與「死頸」之間的正確距離是二十九里。

駱馬圍成了一圈，帳篷紮起，每個人都依舊在做他們應該做的事，和平時完全沒有不同，彷彿根本不知道有大敵將臨。

小方已有一整天沒有見到班察巴那了，這兩天他也沒有被派出去値勤巡弋，一直都陪著卜鷹留在那頂上懸掛著黑色鷹羽的帳篷裡。

負責管制食水的嚴正剛和照料病患的宋老夫子也來了，是卜鷹請他們來的，請他們來喝酒。

今天卜鷹的興致居然很好。

他們喝的不是古城燒，是「嗆」——青稞釀酒，名曰嗆。

這種酒雖然不易醉，醉了卻不易醒。

黃昏後外面就響起了歌聲，對藏人們來說，歌與酒是分不開的。

四下營火處處，每個人都在歌，都在飲，好像故意要讓別人認爲他們完全沒有戒備。

就算他們有所戒備又如何？箭組中的男士，剩下的已不到十人。

根據小方所聽到的馬蹄聲，衛天鵬調集來的人手至少有他們的十倍。

班察巴那回來了。

他證實了小方的想法，他已到「死頸」去過：「此刻已到了那裡的，大約有七十匹馬。」

七十匹馬，就是七十個人，就是七十件兵刃，每一件都必定是殺人的利器。

班察巴那又說：「那些人每一個都是馳術精絕的壯士，其中有一部份人用的是長槍大戟，有一部份人配著弓弩，還有七八個人用的是外門兵刃。」

能用外門兵刃的人，武功絕不會太差。

班察巴那卻說：「可是真正可怕的絕不是他們。」

「真正可怕的是誰？」小方在問。

「除了七十匹馬外，還有三頂轎子也到了那裡。」

沙漠中居然有人坐轎子？在準備突襲強敵時，居然有人要坐轎子去？

小方更驚異：「轎子裡有人？」

「有。」班察巴那道：「一頂轎子一個人。」

「是些什麼樣的人？」

「能夠讓衛天鵬派轎子去接來的，當然都是了不起的人。」班察巴那遲疑了片刻，才接著道：「我只認得出其中一個。」

「你認得出的是誰？」

「就是你認爲絕不會殺人的那個女人。」

小方閉上了嘴。

——波娃真的是個深藏不露的高手？真的能在眨眼間殺人？

他看不出，真的看不出。

他也不相信，也許已經不是不能相信，而是不願相信。

班察巴那道：「除了她之外，另外一個是獨臂獨腿的殘廢，左腿上裝著根木腳，右手上提著個黃布包袱，份量看來很重。」

小方立刻問：「他有多大年紀？」

「我看不出他的年紀。」班察巴那道：「他的頭髮每一根都白了，亮如銀絲，但是一張臉卻還是白裡透紅，看來簡直是個小姑娘。」

「小姑娘？」小方又問：「你說的這個人，是個女人？」

「是，是個女人。」

小方的臉色彷彿已變了。

「另外還有一個呢？」

「那個人好像是個瞎子，下轎時都要人攙扶，但是唯一發現我躲在附近的人就是他。」

班察巴那苦笑：「我差一點就回不來了。」

小方的心在往下沉。

他已猜出這兩個人是誰，在當世的絕頂高手中，這兩個人絕對可以名列在前十位。

卜鷹也應該知道他們的，但是卜鷹連一點反應都沒有，只淡淡的說了句：

「你累了，來喝杯酒。」

不易醉的酒，醉了就不易醒，最可愛的人，往往就是最可怕的人。

世上有很多事都是這樣子的。

十八　絕頂高手

一

天色已暗了，人也將醉了，營火卻更亮，歌聲也更亮。

卜鷹的銳眼也更亮。

他爲什麼能如此鎮靜？難道他已有方法對付即將來的那些人？

小方想不出他能有什麼法子。

那瞎子無疑就是搜魂手。

「毒手搜魂，性命無存。」如果他要去找一個人，那人不是趕快逃走，就是趕快爲自己料理後事。

能夠從他手下逃走的人至今還沒有幾個。

那個獨臂獨腿、紅顏白髮的女人比他更可怕，因爲她只有一半是人。

她的另外一半既不是神，也不是鬼，更不是人。

她的另外一半是「魔」。

她這個人彷彿已被一種可怕的魔法分成了兩半，一半是玉女，一半是天魔。

「天魔玉女」柳分分，誰也不知道她究竟有多高武功？多大年紀？

可是每個人都知道，她也隨時都可以把你一個人分成兩半。

嚴正剛一向滴酒不沾，宋老夫子喝的卻不少，不喝酒的一個方正嚴肅，喝酒的一個也是君子，在一般情況下，他們都是值得尊敬的人。

可是到了拔刀相對，白刃加頸時，他們的價值也許還比不上加答。

加答是戰士，也是勇士，可是在面對搜魂手和柳分分這樣的高手時，他唯一能做到的，就是死。

「死」雖然是所有一切的終結，卻不能解決任何問題。

就算能解決，也沒有人願意用這種方式解決。

卜鷹已重傷，班察巴那畢竟不是神，他們能有什麼法子去對付即將到來的強敵？

小方想得很多，只有一件事沒有想。

——波娃是不是會來？來了之後，會用什麼樣的態度對待他？他又能用什麼樣的態度對待她？

抵死纏綿的情人，忽然變成生死相搏的仇敵，他將如何自處？

這種情況有誰能應付？這種痛苦有誰能瞭解？

卜鷹一直在看著他，彷彿已看出了他心裡的痛苦，默默的向他舉起了酒杯。

就在這時，遠處忽然有馬蹄奔騰聲響起。

七十四快馬飛馳奔騰，蹄聲如戰鼓雷鳴，天地間立刻充滿了殺氣。

可是外面的歡唱聲並沒有停止，卜鷹也仍然安坐不動。

他的杯中仍有酒，滿滿的一杯酒，連一滴都沒有濺出來，只淡淡的對小方說：「我知道你最怕等，他們果然沒有讓我們等得太久。」

他又舉杯：「爲了這一點，我們也該喝杯酒。」

二

蹄聲自遠而近，彷彿在繞著這隊伍的營地奔馳，並沒有衝過來。

營火旁的人仍在高歌歡唱，彷彿根本不知道強敵已來，生死已在呼吸間。

這是不是因爲他們每個人都信任卜鷹，絕不會將他們帶上死路，所以才能如此鎮定？

也許就因爲他們這種超人的鎮定，才使得強敵不敢輕犯！

忽然間，一聲尖銳的胡哨響起，響徹雲霄。

圍繞著營地奔馳的健馬，忽然全都停下，蹄聲驟止，大地靜寂如死。

殺氣卻更重了。

七十匹快馬上的七十名戰士，想必都已抽箭上弦，拔刀出鞘。

卜鷹仍然毫無舉動。

對方不動，他也不動，他比他們更能等，更能忍。

小方很想出去看看外面的情況，卜鷹卻又向他舉起了酒杯。

「我保證他們絕不會衝過來的，情況未明，他們絕不敢輕舉妄動。」

他又舉杯一飲而盡：「我們至少還有時間再喝三五杯。」

他只喝了這一杯，又是一聲胡哨響起，加答忽然衝入了帳篷，嘶聲說：「來了！」

卜鷹的杯中酒又已斟滿，滴酒不濺，只冷冷的問：

「誰來了？」

「衛天鵬來了。」加答顯得有點緊張：「還有六個人抬著三頂轎子跟著他一起來了，已經從西面進入了營地。」

「來的只有這幾個人？」

「其餘的人馬已經把我們包圍住，來的卻只有這幾個人。」加答道：「他們說要來見你。」

卜鷹淺淺的啜了一口酒：「既然有貴客光臨，爲什麼不請他們進來？」

帳篷外忽然有人冷笑！

「既然知道有貴客光臨，主人爲什麼不出來迎接？」說話的這個人聲音尖細，就像是一根根尖針刺入耳裡：「卜大老闆的架子也未免太大了些。」

卜鷹冷冷道：「我的架子本來就不小。」

他揮了揮手，加答立刻將大幕掀起，帳外燈火亮如白晝，遠處閃動著刀槍劍戟的寒光，歡唱聲終於停止，駝馬不時驚嘶，寒風陣陣吹來，冷如刺骨鋼刀。

一匹高頭大馬，三頂綠絨小轎已到了帳外，衛天鵬高坐馬上，腰畔有刀，鞍旁有箭，箭仍在壺，刀仍在鞘，殺氣卻已盡出。

剛才說話的卻不是他。

剛才說話的聲音是從第一頂轎子裡發出來的，現在人已下轎。

一個獨臂獨腿的女人，頭髮白如銀絲，面貌宛如少女，左腿上裝著醜陋而笨拙的木腳，右腿上卻穿著條綠花褲，露出了光滑纖細柔美的足踝，踝上帶著七八枚閃閃發光的金鐲。她的左臂已齊肘斷去，右手卻美如春蔥，手上提著個看來份量極沉重的黃布包袱。

她的木腳著地，姿勢醜陋而笨拙，右腿落下後，立刻變得風姿綽約，美如仙子。

她這個人就像是地下諸魔用兩個完全不同的人拼湊起來的。拼得雖然很巧妙，卻令人一看見就會從心底發冷。

小方本來就聽說過「天魔玉女」柳分分是個怎麼樣的人。

可是等他親眼看見時，他才知道所有的傳說都不能形容出她的邪異和詭秘。

第二頂轎子上的人也下來了，瘦而黝黑，長如竹竿，身上穿著件黑布長衫，一雙眼睛裡昏暗無光，一雙手始終藏在袖子裡，不願人看見。

小方知道他就是江湖中人聞名喪膽的殺手搜魂，可是並沒有十分注意他。

小方一直在注意著第三頂轎子。

——波娃是不是馬上就要從這頂轎子裡走出來了？

他的心在跳動，在刺痛，跳得很快，痛入骨髓。

他在盡力控制著自己，不讓臉上露出一點痛苦的表情來。

想不到第三頂轎子裡一直都沒有人走出來。

三

衛天鵬一躍下馬，跟著搜魂手和柳分分走入了帳篷。

帳篷上的黑色鷹羽在風中搖動，彷彿正在向人們宣示它所象徵的不祥含意。

疾病、災禍、死亡！

但是這些事小方並不在乎，疾病、災禍、死亡，他都不在乎。

他在乎的只有一件事。

——第三頂轎子裡究竟有沒有人，如果有人，為什麼不出來？如果沒有人，他們為什麼要把一頂空轎子抬來？

卜鷹仍然端坐不動，蒼白的臉上連一點表情都沒有。

衛天鵬冷笑。

「卜大老闆的架子果然不小。」

「你錯了。」柳分分也在笑：「現在我已經看出他並不是真的架子大。」

她的聲音忽然變了，變得少女般溫柔嬌媚：「他沒有站起來迎接我們，只不過因為他受了傷，我們怎麼能怪他？」

卜鷹居然承認。

「我不但受了傷，而且傷得很重。」

「可是你也不必太難受。」柳分分的聲音更溫柔：「能夠在獨孤癡劍下保住性命的人，除了你之外，好像還沒有第二個。」

「我一點都不難受。」卜鷹道：「因爲我知道獨孤癡現在也未必很好受。」

柳分分居然同意：「所以你們那一戰也不能算是你敗了，所以卜大老闆還是永遠不敗的！」

她柔聲接著道：「最少直到現在爲止，還沒有敗過，連一次都沒有敗過。」

搜魂手冷冷的問：「下一次呢？」

「下一次他也不會敗。」柳分分吃吃的笑著道：「因爲這一次他若不肯答應我們的要求，他根本就沒有下一次了。」

卜鷹問：「你們要的是什麼？」

「要的是三十萬兩黃金和一個人。」

「你們已經派人搜查過，已經應該知道黃金並不在這裡。」

衛天鵬又在冷笑：「不在這裡在哪裡？除了你之外，只怕也沒有人知道。」

「哦？」

「我們已將這地區完全搜查過。」衛天鵬道：「除了你們外，絕沒有別人能從鐵翼手上劫走那批黃金，所以黃金就算不在你們要帶走的這批貨物裡，也一定是被你們藏起來了。」

柳分分嘆了口氣，柔聲道：「你這麼樣兒說，他一定不會承認的。」

衛天鵬道：「你有法子讓他承認？」

柳分分道：「這種事通常只有一種法子解決，這種法子雖然很俗氣，卻是最古老，最有效的一種。」

她的聲音忽然又變了，變得尖銳而冷酷：「勝者爲強，敗者遭殃，如果他們敗在我們手裡，就算黃金不是被他們劫走的，他們也得想別的法子把三十萬兩黃金交出來。」

搜魂手冷笑道：「這法子聽來好像很不錯，要卜大老闆交出三十萬兩黃金來，好像並不難。」

柳分分道：「我保證他一定能交得出。」

衛天鵬道：「可是我們並不想多傷無辜，所以我們只來了三個人。」

搜魂手道：「我們三陣賭輸贏，就賭那三十萬黃金和那個人。」

衛天鵬：「只要你們能將我們三個人全都擊敗，我們從此不再問這件事。」

搜魂手道：「不管你們要找的對手是誰，小方總是我的。」

小方終於轉過身。

在剛才那片刻，他有幾次都想衝過去，看看那頂轎子裡是不是有人，看看波娃是不是在那轎子裡。

他幾次都忍住。

看見了又如何？又能證明什麼？改變什麼？

他轉身面對搜魂手：「我就是小方，就是你要找的人，你是不是現在就想出手？」

搜魂手沒有開口，卜鷹卻替他回答：「他不想。」卜鷹道：「他根本就不是真想找你這個對手，因爲他自己也知道，十招之內，你就可以將他刺殺在劍下。」

小方道：「可是他明明已找上了我。」

卜鷹道：「那只不過是他們的戰略。」

小方不懂：「戰略？什麼戰略？」

「我受了傷，班察巴那是藏人，他們一向認爲藏人中沒有真正的高手。」

卜鷹接道：「他們真正提防的人只有你，所以他們要搜魂手先選你做對手，因爲他的武功最弱，以最弱的人對最強的人，以下駟對上駟，剩下的兩陣，他們就必勝無疑了！」

這是春秋時兵法家的戰略，只要運用得當，通常都十分有效。

卜鷹忽又冷笑！

「只可惜這一次他們的戰略用錯了。」

衛天鵬忍不住問：「錯在哪裡？」

「錯在你們根本就沒有看出這裡誰才是真正的絕頂高手。」

「這裡還有高手？」

「還有一個。」卜鷹道：「只要他願意，隨時都可以奪下你的刀，拗斷你的弓箭，再順手打你七八個耳光，把你一腳踢出去！」

衛天鵬笑了，大笑。

卜鷹道：「你不信？」

衛天鵬道：「卜大老闆的話，我怎麼敢不信？只不過像卜大老闆說的這種人我非但沒有見過，連聽都沒有聽過。」

卜鷹道：「現在你已聽過了，你是不是想見見他？」

衛天鵬道：「很想。」

卜鷹道：「那麼你不妨趕快拔刀，只要你一拔刀，就可以見到了。」

四

衛天鵬沒有拔刀。

他的刀在腰，名震江湖的斬鬼刀。

他的手已握住刀柄。

他拔刀的姿態無懈可擊，拔刀的動作也同樣正確迅速，江湖中很少有人能比得上。

他的刀一拔出來，必定見血。

但是他沒有拔刀。

帳篷裡除了他們自己三個人，和小方、卜鷹、班察巴那外，只有兩位老先生。

嚴正剛刻板方正，完全沒有一點武林高手的靈氣和殺氣。

宋老夫子看來只不過是個老眼昏花、老態龍鍾的老學究。

這兩個人看起來都絕不像是高手。

除了他們還有誰？

衛天鵬看不出，所以他沒有拔刀，他這一生中，從未做過沒把握的事。

柳分分忽然嘆了口氣，柔聲道：「卜大老闆也應該瞭解他這個人，要他拔刀，並不是件容易的事，我就不同了，要我出手很容易。」

她少女般的臉上又露出甜美的笑容：「我出手是不是也一樣能見到？」

卜鷹的回答明確：「完全一樣。」

柳分分微笑：「那就好極了。」

帳篷裡有兩張木几和幾個用獸皮縫成的坐墊，柳分分慢慢的坐下，將手裡的黃布包袱放在几上，用那隻春蔥的玉手去解包袱上的結。

她已準備出手，包袱裡無疑就是她殺人的利器，一種絕不是屬於她「人」那一半的殺人利器！

一種已接近「魔」的殺人利器！

十九 另一隻手

一

包袱已解開，包袱裡只有十三件閃動著暗黃光芒的鐵器。每一件的形狀都很怪異，有的看來如環釦，有的看來如骨節。

誰也看不出這是什麼兵刃，世上根本沒有這樣的兵刃。

柳分分解釋：「這就是我的另外一隻手。」

她伸出了她那隻纖柔美麗的手：「我的這隻手跟別人完全沒有什麼不同，我穿衣、吃飯、洗臉、漱口，都是用這隻手，偶爾我也會用這隻手去撫摸我喜歡的男人。」

「你另外這隻手呢？」卜鷹問。

柳分分笑了，笑容忽然變得說不出的邪惡詭秘：「你們都應該看得出，這絕不是一隻人的手。」她一個字一個字的接著道：「這是魔手，是用十八層地獄下的魔火煉成的。」

她忽然捲起衣袖，從那條已被齊肘砍斷的手臂骨節裡，抽出了一根烏黑的鋼絲。

然後她就將這十三件鐵器全都接在她的斷臂上，接成了一條怪異而醜惡的鐵臂。

最後一節是個鋼爪。

她將斷臂中抽出的那條鋼絲，結上這最後一節鋼爪的機簧環釦。

這條本來明明是用黑鐵煉成，沒有血，沒有肉，沒有生命的鐵臂，忽然變得有了生命，忽然開始彎曲，扭動，隨時都可以從任何一個部位，向任何一個方向彎曲扭動。

最後一節鋼爪，也配合著鐵臂的動作，忽然彎轉，抓住了她自己這條手臂的後肘。

這種動作是任何人都絕對做不到的，可是她能做得到。

因爲她這隻手，根本不是人的手。

她忽然轉身看著小方：「你能不能把你的手伸出來給我看看？」

小方伸出了手。

他的手掌寬大、堅實、乾燥，他的手指長而有力。

柳分分微笑：「你有雙很好看的手，而且很有用，你用這雙手握劍的時候，任何人都很難將你的劍擊落。」

小方淡淡的說：「我手裡的劍從未被人擊落過。」

「可是你手裡沒有劍的時候呢？」柳分分問：「你能不能憑空變出一把劍來？」

小方不能，任何人都不能。

「我能。」柳分分說。

她的鐵臂一扭，鋼爪彈出：「就是這一把劍，我已用這把劍刺穿過二十七個人的咽喉。」

小方冷冷道：「二十七個人也不能算多。」

柳分分格格的笑道：「我殺的人當然不止二十七個，因爲我這隻手裡還藏著迷香、毒汁，和另外十三種暗器，隨時都可以射出來，要人的命！但是誰也不知道它會在什麼時候射出來，從什麼地方射出來。」

小方閉上了嘴。

無論誰都不能不承認，她這隻手實在是種可怕的武器。

柳分分的鐵臂又一扭，鋼爪再次彈出，「嗤」的一聲響，三寸厚的木几，已被刺穿了一個洞，一縷青煙裊裊散出。

「現在你們想必也已看出，我這把劍上還淬了毒，見血封喉，絕對沒救。」

她還沒有說完這句話，木几上那破洞的四周，竟已完全焦裂。

「現在我已經準備出手了。」她媚眼中光芒如蛇蠍，慢慢的從小方、卜鷹、班察巴那三個人臉上掃過。

然後她才輕輕的問。

「你們要我對誰出手？」

「我。」一個人淡淡的說：「我早已在等著你出手。」

二

說話的這個人竟不是她看著的三個人，而是看來最不可能說出這句話的宋老夫子。

「你？」柳分分也顯得很驚訝：「是你？」

宋老夫子嘆了口氣：「其實我也有點怕你這隻手，更不想要你用這隻手來對付我，只可惜這裡偏偏只有我一個人能對付你。」

柳分分盯著他看了半天，又笑了。

「只有你能對付我？」她的笑容又變得十分溫柔：「你準備用什麼對付我？」

「用我的另外一隻手。」宋老夫子道：「你有另外一隻手，我也有。」

「你也有？」

柳分分看著他擺在桌上的一雙枯瘦乾癟的手：「你的兩隻手好像都在這裡。」

宋老夫子微笑：「你的另外一隻手，是第二隻手，我的另外那隻手，是第三隻手。」

他笑得很愉快：「我的這雙手，也跟別人沒什麼不同，我穿衣、吃飯、洗臉、漱口，都用這雙手，偶爾我也會用這雙手去撫摸女人的……」

班察巴那忽然也笑了笑！

「你通常摸的都是女人身子的哪些地方，用不著說出來別人也知道。」

宋老夫子道：「可是我另外那隻手，用處就不同了。」

他的笑容忽然也變得很詭秘：「你想不想看看我那隻手？」

柳分分媚笑：「我想得要命。」

「好。」宋老夫子道：「你看著。」

他的一雙手本來就擺在几上，十根手指平平的伸展出來。

他自己也在看著自己的這雙手。

柳分分當然更不能不看，衛天鵬和搜魂手也沒法子不去看。

羊角燈在風中搖曳，燈光閃動不停。

他一雙乾癟的手忽然變了，不但顏色變了，形狀也變了，本來毫無血色的手，忽然變得血紅，本來枯瘦無肉的手，忽然變得健壯有力，就好像一對空皮囊中，忽然被塞入了血肉。

看著他這雙手的人臉色也變了。

就在這時，忽然有另一隻手閃電般伸出，「格」的一響，柳分分斷臂上的鐵手已被卸下來。

這隻手是從哪裡來的？

三

這隻手本來就在，在嚴正剛身上，每個人都看見了這隻手，可是沒有人想到這就是宋老夫子的「另外一隻手」。

現在柳分分的鐵臂已經到了嚴正剛手裡。

柳分分臉色慘變。

「這算什麼？」

「算你敗了。」宋老夫子瞇著眼笑：「三陣賭輸贏，第一陣你們已敗了！」

「這不能算！」

「為什麼不能算？」宋老夫子道：「你的另外一隻手在包袱裡，我的另外一隻手在別人那裡，我們的兩隻手本來都同樣不在自己身上。」

「可是你們兩個人對付我一個……」

「誰說我們是兩個人？出手的是他，我的手根本連動都沒有動過。」

柳分分少女般的臉，好像忽然就老了三十歲。

這當然是個圈套，可是現在她已經掉了下去，她還能怎麼樣？

衛天鵬的臉色鐵青，忽然道：「我佩服。」

「你佩服我？」宋老夫子笑得更愉快。

「閣下的掌力內功，我當然佩服。」衛天鵬轉向嚴正剛：「閣下出手之快，我更佩服。」

他忽又冷笑，看著卜鷹冷笑！

「但是我最佩服的，還是你！」

「哦？」

「若不是閣下先說了那些話，讓我們認定這裡有位隨時都可以奪下我的刀，把我一腳踢出去的絕頂高手，柳夫人只怕還未必會中他們的計。」

卜鷹也冷冷的笑了笑！

「你還是不信世上有這樣的高手？」

「他的人在哪裡？」衛天鵬問。

「就在這裡！」

「他是誰？」

「我說過，只要你一拔刀，就會知道他是誰了。」卜鷹道：「我保證絕不讓你失望。」

衛天鵬一向冷靜謹慎，一向最能沉得住氣，從不輕易出手，從不做沒把握的事。

但是現在他已不能不破例了。

他已不能不拔刀！

「嗆」的一聲，刀出鞘。

刀光如雪如霜，如奔雷閃電，三尺九寸長的刀鋒，帶著刺耳的風聲，一刀向卜鷹砍了下去。

他從不輕易出手，只要出手，就很少失手。

沒有人能形容這一刀的速度和威力，快、準、狠，都不足以形容。

他這一刀已展盡全力，既沒有替自己留退路，也不想再留下對方這條命！

二十 豪賭

一

高手出招，通常都不會盡全力，因爲他們一定要先爲自己留下退路，先立於不敗之地。

衛天鵬絕對是高手，他這一刀未留退路，只因爲他認爲根本不必留退路。

卜鷹不但受了傷，而且空拳赤手，用什麼來接這一刀？

就算還能閃避，也絕對無力反擊。

對方既然無力反擊，他又何必要爲自己留退路，能夠有一分力量使出來，就將這一分力量使出來，刀下絕不留情。

他希望這一刀就能致命！

衛天鵬老謀深算，身經百戰。

一向看得極準。

可惜他這一次算錯了。

卜鷹接住了這一刀，用一雙空手接住了這一刀。

他的雙手一拍，就已將刀鋒夾住，他的身子已飛起，雙腳連環踢出，第一腳踢衛天鵬握刀的手，第二腳踢他雙腿間的要害。

衛天鵬不能不閃避、後退。

第一腳踢來時，他的刀已撤手，第二腳踢來，他只有凌空翻身，才能躲得開。

他的人落下時，已在帳篷外。

他的刀已在卜鷹手裡。

卜鷹輕撫刀鋒，冷冷道：「這一刀還不夠快，這把刀也不夠快。」

他以拇指扣中指，以中指彈刀鋒，「崩」的一響，刀鋒已缺口。

他右手握刀柄，再用左手兩指捏住刀尖，又是「崩」的一響，長刀已被拗斷！從刀鋒缺口處斷成兩截。

衛天鵬的臉色慘變，變得比柳分分更慘。

卜鷹冷冷的接著道：「我雖然已負傷，可是你們也不該低估我的，因爲我還沒有死。」

衛天鵬握緊雙拳：「只要你不死，就沒有人能擊敗你？」

卜鷹的回答和以前同樣明確：「直到現在還沒有。」

他連看都不再去看衛天鵬，他一雙兀鷹般的銳眼已盯在搜魂手身上。

「現在，只剩下你了。」卜鷹道：「三陣賭輸贏，你們已敗了兩陣，你是不是想拚一拚？」

「這個人，是我的。」小方的聲音雖然很平靜，情緒卻很不平靜。

剛才那兩陣對決，實在令人血脈沸騰，動魂驚心。

「這個人當然是你的。」卜鷹道：「只要他出手，三招之內，必將死在你的劍下。」

「剛才你說是十招。」

「現在已不同了。」卜鷹冷冷道：「現在他的膽已寒，氣已餒，你要殺他，已經用不著十招。」

小方忽然也冷笑：「只可惜他絕不敢出手的。」

「他當然不敢。」

搜魂手站在那裡，連動都沒有動，他們說的話，他好像根本沒聽見！

現在他不但是「瞎子」，而且變成了聾子。

柳分分已經很久沒有開口，忽然輕輕的嘆了口氣：「無論鬥智鬥力，卜大老闆都無人能及。」

卜鷹接受了她的恭維。

柳分分又道：「但是智者千慮，也難免會有所失。」

「哦？」

「我們雖然敗了，但是還沒有死。」

柳分分站起來，眺望著遠處劍戟上閃動的寒光：「就在你們的營地外，我們還有七十位久經訓練，百戰不死的戰士。」

衛天鵬接著道：「只要我一聲令下，他們就會衝過來，片刻間這裡就將橫屍遍地，血流成渠。」

卜鷹忽然道：

「你們外面還有轎子，轎子當然不會是空的。」

「不錯。」柳分分道：「我們當然不會抬一頂空轎子來。」

她目中又閃出惡毒詭譎的笑意：「轎子裡很可能坐著位從未敗過的絕頂高手，也可能藏著可以將這方圓五里內的人畜全都炸成灰的火藥。」

她用笑眼看著小方：「我知道你一直想看看轎子裡究竟有什麼？但是不到最後關頭時，我們是絕不會讓你看到的。」

小方沉默。

柳分分接著道：「現在還不到最後關頭，因爲我們還有賭注，還可以跟你們賭一賭。」

她轉身面對卜鷹：「只看卜大老闆是不是願意用你這麼多子弟夥伴的性命，來跟我們賭。」

卜鷹也沉默。

這是一場豪賭，賭注實在太大，敗的一方固然會敗得極慘，勝的一方也是慘勝。

無論是慘勝，還是慘敗，都同樣痛苦。

「我知道你很難下決定。」柳分分道：「不到最後關頭，我們也同樣不願意跟你賭，只要你答應我們兩點小小的要求，我們立刻就走。」

卜鷹仍然沉默。

衛天鵬道：「我們想看看你的貨，每一包都要看。」

這是他的第一點要求：「黃金既然不在這裡，你就讓我們看看又何妨？」

柳分分道：「我們也想把這個人帶走。」

她指著小方：「他跟你非親非故，你何必爲他跟我們拚命？」

卜鷹終於開口：「你們的要求聽來好像並不過分。」

「非但不過分，而且很合理。」柳分分媚笑：「我知道你一定會答應的。」

小方忽然也開了口：「我願意跟他們走。」他的語氣堅決，毫無猶疑：「隨時都可以走。」

卜鷹慢慢的點了點頭：「我明白你的意思。」他說：「你一向不願連累別人，更不願無辜者爲你而死。」

「我本來就不該留在這裡。」

「可是你忘了一點。」

「哪一點？」

「你留下來，是我要你留下來的。」卜鷹道：「我既然要你留下來，誰也不能帶你走。」

他說得很慢，可是每個字都像是根釘子，他每說一個字，就像是已將一根釘子釘入石頭裡。

釘子已經釘了下去，話已說出口，小方胸中的熱血又湧起。

柳分分嘆了口氣：「你真的要跟我們賭一賭？」

「不錯。」卜鷹淡淡的說：「現在你們已經可以下令，要你們那七十位久經訓練，百戰不死的戰士衝過來了。」

衛天鵬的臉色發青，掌心冒汗。

「你不後悔？」

卜鷹拒絕回答。

拒絕回答，已經是一種回答，絕不容別人誤解，也不會被人誤解的回答。

「好。」衛天鵬咬牙：「你既然不怕流血，我們爲什麼要怕？」

他忽然撮口長嘯，聲音尖銳淒厲，如荒山鬼呼，雪地狼嗥。

這是他們約定的訊號。

攻擊的訊號。

二

夜寒如刀。

遠處劍戟森森，在跳動的火燄照耀下，閃爍著懾人的寒光。

人頭在頸子上，熱血在胸膛，箭在弦上，刀在手。

攻擊命令已發出了。

廿一 慘敗

一

尖銳的嘯聲，響徹夜空。

卜鷹居然還是安坐不動，除了心臟與血脈外，全身都沒有動。

遠處森森然環列的劍戟也沒有動，人馬並沒有衝過來。

衛天鵬的臉色變了。

他們的組織嚴密，號令嚴明，紀律嚴肅。

他發出的命令從未失效。

宋老夫子忽然笑了笑：「說不定你這次帶來的人耳朵都不太好，都沒有聽見你在叫他們。」

衛天鵬不理他再次長嘯，嘯聲更尖銳，更響亮。

宋老夫子掩起了耳朵，嘆了口氣：「這一次連聾子都應該聽見了。」

但是遠處的人馬仍然沒有動。衛天鵬鼻尖上已冒出冷汗。

卜鷹忽又開口，聲音冷如針刺劍擊刀削。

「他們不是聾子。」

「不是聾子爲什麼聽不見？」

「他們聽得見。」

「聽得見爲什麼還不衝過來？」宋老夫子又瞇起眼：「刀槍劍戟齊下，把我們一個個剁成肉泥？」

「因爲我還沒有要他們過來。」

「你要他們過來，他們就會過來？」宋老夫子又問。

卜鷹道：「只有我要他們過來，他們才會過來。」

宋老夫子搖頭：「我不信。」

「你馬上就會相信的。」

卜鷹忽然揮手，說出了兩個字：「過來！」

他的聲音既不尖銳，也不響亮，可是這兩個字一說出，遠處的人馬就動了。動得很慢。

七十匹健馬，載著一百四十個人，慢慢的走入火光照耀的營地。

每匹馬上都有兩個人。

前面的一個人，急裝勁服，手持弓箭刀戟，正是衛天鵬屬下的戰士。

他們的確都已久經訓練，但是現在每個人都好像木頭人一樣坐在馬鞍上，身子都已僵硬，臉上都帶著恐懼至極的表情。

因爲他們後面還有個人。

每個人身後，都有另外一個人，用一把尖刀，抵在他們的腰眼上。

小方忽然發現剛才還在營火旁高歌歡唱、痛飲的那些浪子行商旅客，現在已少了很多，本來有一百多個人的，現在已少了一半。

這一半人都已到了馬上，到了衛天鵬屬下戰士的健馬上，像影子般貼在這些戰士的背後，用一把尖刀抵住了這些戰士的腰眼。

他們才是真正的戰士。

他們的行動輕捷如狸貓，迅急如毒蛇，準確如五花箭神的神箭。

衛天鵬的屬下正在等待著攻擊令下時，正在全神貫注準備出擊，全部注意力都集中在這個頂上懸掛著黑色的鷹羽的帳篷時……

忽然間，每個人都發現自己背後多了一個人，每個人腰眼上都已感覺到尖刀的刺骨寒意，每個人都聽見身後有人在說：「不許動，一動就死！」

二

還沒有開始賭，他們就已敗了。

慘敗！

有人曾經用八個字形容衛天鵬——靜如山嶽，穩如磐石。

但是他現在整個人都已崩潰。

徹底崩潰。他從未經歷過這樣的慘敗。

柳分分少女般的紅顏笑靨，現在也已變得如新喪的寡婦般衰老蒼白憔悴。

現在她已經不是一半人，而是一個人了，她屬於「魔」的那一半，已經在這種無情的慘痛打擊下被消滅，徹底消滅。

卜鷹冷冷的看著他們。

「你們雖然敗了，卻還沒有死，你們外面那七十位久經訓練，百戰不死的戰士也還沒有死。」

他一個字一個字的問：「你們想不想死？想不想要那七十位戰士陪你們一起死？」

這問題根本不必回答，也沒有人願意回答，但是從來不開口的搜魂手卻回答了。

「我們不想死。」

毒手搜魂，性命無存。

但是殺人的人，卻往往比被他殺的人更怕死，殺人者往往就是因爲怕死才殺人。

卜鷹冷笑：「現在是不是已經到了最後關頭？」

「是。」

「現在你們還有一頂轎子，轎子裡可能有位絕頂高手，也可能有足夠將我們全都炸成飛灰的火藥。」

卜鷹又道：「你們是不是還想賭一賭？」

「我們不想。」搜魂手搶著道：「轎子裡沒有高手，也沒有火藥，只有……」

他沒有說完這句話。

班察巴那忽然揮拳，痛擊在他臉上，封住了他的嘴。

名滿江湖的搜魂手竟避不開這一拳，世上恐怕已很少有人能避開這一拳。

這一拳既沒有花俏的招式，也沒有複雜的變化，只有速度。

驚人的速度，快得令人無法思議，快得可怕。

搜魂手倒下去時，嘴裡很可能已沒有一顆完整的牙齒，碎裂的鼻樑已移動了位置，鮮血從破裂的嘴唇中湧出，就像是被屠刀割開的一樣。

速度就是力量。

每個人臉上都變了顏色，直到此刻，大家才看出班察巴那的力量。

他冷冷的看著搜魂手倒下去時才開口。

「我不是名家弟子，也沒有學過你們那些高妙的武功，我只不過是個粗魯野蠻無知的藏人，在你們眼中，很可能跟野獸差不多。」班察巴那道：「可是我說出來的話一向算數。」

誰都不知道他要說什麼？也不知道他為什麼不讓搜魂手說出那頂轎子裡的秘密？

只有卜鷹知道。

「他要說的，就是我要說的。」卜鷹道：「他說的話跟我同樣有效。」

他們互相凝望一眼，兩個人的眼色已說出他們彼此間的信任與尊敬。

班察巴那說出的話讓每個人都很驚訝。

「我們不想知道那頂轎子裡有什麼，不想聽，也不想看！」他的聲音冰冷：「如果有人說出了那頂轎子裡是什麼，如果有人讓我看見了那頂轎子裡是什麼，不管他是誰，我都會殺了他！」

小方吃驚的看著他，想開口，又忍住，任何人都想不通他為什麼要這樣做。

班察巴那轉身面對衛天鵬！

「現在我們之間的戰爭已結束，你們已慘敗，我們的條件，你都得接受。」

衛天鵬已不再穩如磐石。

他的手已經在發抖，嘴唇也在發抖，過了很久才能問出一句話。

「你們有什麼條件？」

班察巴那卻已閉上嘴，退到卜鷹身後。

他有力量，但卻從不輕露，他有權力，但卻絕不濫用。

到了應該閉上嘴時，他絕不開口。

無論在任何地方，任何組織，發號施令的只有一個人。

現在他已說出了他要說的，他也像別人一樣等著卜鷹下令。

卜鷹終於開口。

「你們可以把那頂轎子帶走，但是你們不能這樣走。」

他說出了他的條件：「你們每個人都得留下點東西來才能走。」

「你要我們留下什麼？」衛天鵬問出這句話時，聲音已嘶啞。

「留下一樣能讓你們永遠記住這次教訓的東西。」卜鷹忽然轉向柳分分：「你說你們應該留下什麼？」

他是發令的人。

他說出的話就是命令，絕沒有任何人敢違抗。

他爲什麼要問柳分分？爲什麼不問別人，只問柳分分？

柳分分也很驚訝，可是忽然間她的眼睛就發出了光。

她忽然明白了卜鷹的意思。

她看著卜鷹時，就像一條狡狐看著一隻捕狐的鷹。雖然恐懼敬畏，卻又帶著一種除了他們自己外，別人絕對無法瞭解的感情。

他們竟似已互相瞭解。

卜鷹也知道她已完全瞭解他的用意，才放過了她的目光，淡淡的說道：「只要你說出來，我就答應。」

柳分分彷彿還在猶疑，眼中卻已閃出了狡黠惡毒的笑意。

「我們是一起來的，我留下了什麼，他們也該留下什麼。」

她慢慢的接著道：「我已經留下了一隻手。」

三

小方也有手。

他的手冰冷，現在他也明白了卜鷹早已算準她會這麼說的，所以才問她。

他相信她為了保護自己時，絕對不惜出賣任何人。

卜鷹臉上全無表情。

「這是你說的。」他冷冷的問：「你是不是認為這樣做很公平？」

「是。」柳分分立刻回答：「絕對公平。」

卜鷹不再說話，也不再看她。用兩根手指捏住刀鋒，將剛才從衛天鵬手裡奪過來的斷刀，慢慢的送到衛天鵬的面前。

他不必再說什麼。

衛天鵬還能說什麼？

他已慘敗。

一個慘敗了的人，除了流淚外，只有流血。

流不完的血！

廿二 悲傷的故事

一

刀鋒冰冷，刀柄也同樣冷。

手更冷。

衛天鵬用冰冷的手接過冰冷的刀，凝視著寒光閃動的刀鋒。

這是他的刀。

他用這把刀砍下過別人的頭顱，割斷過別人的咽喉，他也用這把刀砍斷過別人的手。

忽然間，他的神情又恢復鎮定，已準備接受這件事，因爲他已不能逃避。

事實本來就是殘酷的，絕不容人逃避。

衛天鵬忽然問：「你要我哪隻手？」

他也知道這問題卜鷹必定拒絕回答，他用左手握刀，將右手伸出。

「這是我握刀殺人的手，我把這隻手給你，今生我絕不再用刀。」

是不再用刀，不是不再殺人。

衛天鵬一字字接著道：「但是只要我不死，我一定要殺了你，不管用什麼法子，都要殺了你，就算你砍斷我兩隻手，只要我還有一口氣在，我也要用嘴咬斷你的咽喉，嚐嚐你的血是什麼滋味！」

他的聲音極平靜，可是每句話，每個字，都帶著種令人冷入骨髓的寒意，就像是來自地獄群鬼的毒咒。

卜鷹臉上還是全無表情。

「很好。」他淡淡的說：「我會給你最好的傷藥，讓你好好的活下去。」

衛天鵬握刀的手上青筋暴起，已準備揮刀砍下去。

卜鷹忽又喝止！

「等一等。」

「還要等什麼？」

「我還要讓你看一件事。」卜鷹道：「你看過之後，才會知道你自己這一次來得多麼愚蠢！」

二

卜鷹揮手下令，所有的貨物立刻全部都堆積到帳篷前，每一包貨物都解開了。

沒有黃金。

「黃金根本不在這裡。」卜鷹道：「你根本不該來的，這件事你做得不但愚蠢，而且無知，你自己也必將後悔終生！」

衛天鵬靜靜的聽著，全無反應，等他說完了，才冷冷的問：「你還有什麼話要說？」

「沒有了。」

「很好。」衛天鵬忽然冷笑：「其實連這些話你都可以不必說的。」

他揮刀。

刀鋒劃下時，外面馬背上的七十戰士忽然同聲慘呼。

七十個人，七十條手臂，都已被他們背後的人擰斷。

用最有效的手法擰斷，一擰就斷。

他們本來的確都是久經訓練，百戰不死的健兒，可是這一次他們竟連還手的機會都沒有。

戰馬驚嘶，奔出營地，轎子也已被抬走，三頂轎子都被抬走。

蹄聲漸遠，漸無，歡飲高歌也不復再有，連燃燒的營火都已將熄滅。

天已快亮了。

三

黎明前總有段最黑暗的時候，帳篷裡的羊角燈仍然點得很亮。

宋老夫子「醉了」，嚴老先生「累了」，該走的人都已走了。

小方還沒有走。

但是他也沒有坐下來，他一直靜靜的站在那裡，彷彿根本沒有注意到別人的來去，也沒有注意到卜鷹和班察巴那的存在。

他的人明明在這裡，卻又彷彿到了遠方，到了遠方一個和平、寧靜，無恩無怨無情無愛的地方。

卜鷹凝視著他，忽然問：「你是不是認爲我不該做得這麼絕？」

沒有回答。

「我不管你怎麼想，只要你明白一點。」卜鷹道：「敵我之間，就像是刀鋒一樣，既無餘情，也無餘地，我若敗了，我的下場一定更慘。」

他慢慢的接著道：「何況這一次本來就是他們來找我的，我們既然不能不戰，要戰，就一定要勝；要戰勝，對敵人就絕不能留情。」

這是不變的真理，沒有人能反駁。

卜鷹道：「這道理你一定也明白。」

小方忽然大聲道：「我不懂。」

他看來就像是忽然自噩夢中驚醒：「你們做的事，我全都不懂。」

班察巴那蒼白英俊的臉上已有很久未見笑容。

「你不懂我們爲什麼一定要他們將那第三頂轎子抬走？」

「爲什麼？」小方早已想問這句話。

班察巴那沒有直接回答這句話。

「你不懂，只因爲有很多事你都聽不見，有很多事你都看不見。」

他不讓小方開口，因爲他一定要先將自己應該說的話說出來。

「你不懂，只因爲你還年輕，還沒有經過我們這麼多慘痛的經驗。」班察巴那的態度嚴肅而誠懇：「如果你也跟我們一樣，也曾在這塊大地上生活了二十年，幾乎死過二十次，那麼你也會聽見一些別人聽不見的事，也會看見一些別人看不見的事了。」

他的態度使小方不能不冷靜下來。

「我聽不到什麼？」小方問：「你們又聽見了什麼？看見了什麼？」

「那頂轎子比其他兩頂都重了一點。」班察巴那道：「而且轎子裡有兩個人的呼吸聲。」

卜鷹替他接下去說：「是兩個女人的呼吸聲，其中有一個的呼吸已經很微弱。」

小方已經發現自己應該學習的事還有很多，遠比他自己本來的想像中多得多。

不過他還是要問：「你們怎麼知道轎子裡是兩個女人？女人的呼吸難道也跟男人有什麼不同？」

「沒有什麼不同。」

「我們知道轎子裡是兩個女人，只因爲那頂轎子只比搜魂手坐的那頂重了一點。」

卜鷹又道：「我們是從抬轎子人的腳帶起的塵砂上看出來的。」

這次是班察巴那替他接著說了下去：「轎子的質料和重量都是一樣的。」班察巴那道：「搜魂手練的是外功，人雖然瘦，骨頭卻重，而且他很高，大概有一百二十斤左右。」

「那兩個人加起來最多只比他一個人重二三十斤。」

班察巴那下了個很奇怪的結論：「這個重量剛好是她們兩個人加起來的重量。」

小方當然立刻就問：「她們兩個人？哪兩個人？你知道是哪兩個人？」

「我知道。」班察巴那道：「其中一定有一個是嬌雅。」

「嬌雅？」小方從未聽過這名字：「嬌雅是什麼人？」

班察巴那的表情忽然變得很悲傷！

「如果你要瞭解嬌雅這個人，就一定要先聽一個故事。」

他說的是個悲傷的故事！

嬌雅是個女人，是千百年前，生長在聖母之水峰北麓，古代的廓爾喀族中一個偉大而聖潔的女人，爲了她的族人，而犧牲了自己。

在兇惡歹毒強悍無恥的尼克族人圍攻廓爾喀部落時，她的族人被擊敗了。

尼克族的標誌是「紅」，帶著血腥的「紅」，他們喜歡腥紅和血污。

他們的酋長活捉了嬌雅，玷污了她。

她忍受，因爲她要復仇。

以牙還牙，以血還血，她終於等到機會，救了同族那個被俘的酋長，救了她的族人。

她自己也不得不犧牲。

等到她的民族復仇大軍攻入尼克族酋長的大帳下時，她已化作芳魂。

是芳魂，也是忠魂。

她手裡還緊握著她在臨死前寫給她情人「果頓」的一首情曲。

是情曲，也是史詩。

請拾得這支歌曲的人。
妥交給我那住在枯溪旁的果頓。
我愛的果頓，你一定要活下去。
你要生存，就該警惕。
時刻警惕，永遠記住，記住那些喜歡污腥血紅的人。
他們是好殺的。
你遇到他們，也不必留情。
你要將他們趕入窮海，趕入荒塞，重建你美麗的故國田園。
故國雖已沉淪。
田園雖已荒蕪。
可是只要你勤勉努力，我們的故國必將復興，田園必將重建。

她的情人沒有辜負她，她的族人也沒有辜負她。
她的故國已復興，田園已重建。
她的白骨和她的詩，都已被葬在爲她而建的嬌雅寺白塔下，永遠受人尊敬崇拜。

四

這是個悲慘的故事，不是個壯烈的故事，永遠值得後人記憶警惕。千千萬萬年之後的人，都應該爲此警惕。因爲真理雖然常在，正義雖然永存，人世間卻還是難免有些喜歡血腥的人，每個人都應該像嬌雅一樣，不惜犧牲自己去消滅他們。

現在班察巴那已說完了這個故事。

廿三　死頸

一

小方沒有流淚。

一個人如果胸中已有熱血沸騰，怎麼會流淚？

不過他還是不能不問。

「她的白骨既然已埋在白塔下，你們說的這個嬌雅是誰？」

班察巴那的回答又讓他驚訝。

「我們說的這個嬌雅，就是你一直認爲她就是水銀的那個女人。」

小方怔住。

班察巴那顯得更悲傷。

「她是我們的族人，她知道呂三一直在壓榨我們，就像是那些血腥的惡漢一直在壓榨嬌雅的族人一樣，所以她不惜犧牲自己。」

卜鷹忽然插口：「因爲她不但是他的族人，也是他的情人，她犧牲了自己，到他的敵人那裡去臥底，去刺探他們的消息。」

班察巴那握住了小方的手：「我也知道她對你做過的那些事，可是我保證，她一定是被逼做出來的，爲了我，爲了我們的族人，她不能不這麼做。」

小方瞭解。

他也緊握住班察巴那的手：「我不怪她，如果我是她，我也會這樣做！」

班察巴那的手冰冷：「但是現在她的秘密已經被揭穿了，對方已經知道她是我們派出去的人。」

卜鷹又接著說下去：「所以他們派了一個人把她押到這裡來，跟她坐在一頂轎子裡，到了最後關頭，就可以用她來要脅我們。」

「但是他們也想不到他們居然會敗得那麼快，那麼慘，所有的變化完全讓他們措手不及。」

班察巴那沉痛而激動：「只不過她還是他們最後一件武器，所以我還是不能看見她，不能讓他們利用她來要脅我。」

所以他只有先發制人！

——如果有人讓他看見她，他就一定會殺了那個人！這一點他已令他們確信不疑。

「他們也不敢輕舉妄動，因爲他們以後說不定還能利用她，所以他們一定會讓她活下去。」班察巴那黯然道：「所以我也只有讓他們把那頂轎子原封不動抬走。」

「轎子裡另外還有一個人，就是唯一能揭穿這秘密的人。」卜鷹道：「她也坐在轎子裡，她知道自己絕對安全，所以她更不會妄動。」

「我早就認得她。」班察巴那道：「但是我也從未想到她是個這麼可怕的女人。」

他們都沒有說出「她」是誰。

小方也沒有問。

他不願問，不敢問，也不必問。

他知道他們不說，只因爲他們不能說，不忍說，也不必說。

他們都不願傷小方的心。

每個人心中都有個「死頸」，一個很難穿過去的死頸。

如果你一定要穿過去，就一定會傷到這個人的心。

波娃，你真的是個這樣的人？

二

嬌雅爲什麼要如此犧牲？

她付出了這麼大的代價，換回來的是什麼？

她刺探到什麼秘密？是不是和那批失劫的黃金有關係？

這個隊伍中本來都是平凡的商旅，從來沒有人顯露出一點武功，怎麼能在片刻間制住七十個久經訓練的戰士？

宋老夫子和嚴正剛更是身懷絕技的絕頂高手，爲什麼要如此隱藏自己的武功？

他們究竟是什麼來歷？有什麼秘密？

這些問題小方都沒有再問，他覺得自己知道的已夠多。

黃金不在他們的貨物包裹裡。

卜鷹是他的朋友。

黃金的下落小方根本就不關心，他只要知道有人把他當作朋友就已足夠。

對一個像他這樣的浪子來說，一個真正朋友的價値，絕不是任何事能比得上的。

黎明。

旭日昇起，大地一望無際，砂礫閃耀如金。

大地無情，荒寒、冷酷、酷寒、酷熱，可是這一片無情的大地，也有它的可愛之處，就像是人生一樣。

人生中雖然有許許多多不如意的事，許許多多不能解釋的問題。但是人生畢竟還是可愛的。

小方和卜鷹並肩站在帳篷前，眺望著陽光照耀的大地。

卜鷹忽然問：「你有沒有別的地方要去？」

「沒有。」小方回答：「什麼地方我都可以不去，什麼地方我都可以去。」

「你有沒有去朝拜過藏人的聖地？」

「沒有。」

「你想不想去？」

小方的回答使卜鷹的銳眼中又有了笑意。

「我想去的地方也可以不去。」小方說：「我不想去的地方也可以去。」

卜鷹又問：「如果我要你去，你去不去？」

「我去。」

隊伍又開始前行，能在片刻制伏戰士的人，又變成了平凡的商旅。

雙峰駱駝的駝峰間，擺著個小牛皮的鞍椅，卜鷹坐在騎上，看著另一匹駱駝上的小方。

「再走一個時辰，我們就可以到那個地方了。」

「什麼地方？」

「死頸。」

三

群山環插，壁立千仞，青天如一線，道路如羊腸。

一線青天在危岩灰石的狼牙般銳角間，羊腸曲路也崎嶇險惡如狼牙。

他們已到了死頸。

隊伍走得很慢，無法不慢下來，插天而立的山岩危石，也像是群狼在等著擇人而噬。

無論誰走到這裡，都難免會驚心動魄，心跳加快。

小方的心跳得也彷彿比平常快了很多。

卜鷹彷彿已聽見他的心跳聲。

「現在你總該明白我爲什麼要做得那麼絕了。」卜鷹道：「如果我不留下他們一隻手，如果他們又回到這裡來等著我，這條路就是我們的死路，這地方就是我們的死地！」

死頸，死路，死地！

小方忽然覺得手心冒出了冷汗：「你怎麼知道他們沒有別的人埋伏在這裡？」

卜鷹道：「他們不可能還有別的人手，在沙漠調集人手並不容易。班察巴那已經將他們人馬調動的情況查得很清楚，何況……」

他沒有說完這句話，他的掌心忽然也冒出了冷汗。

因爲他已發覺這個死頸，這條死路，這塊死地上有人埋伏。

不可能的事，有時也可能會發生的。

心中有死頸，人傷心。

人在死頸中，就不會傷心了。傷心的人有時會想死，可是人死了就不會再傷心，只有死人才不會傷心。

廿四 藍色的陽光

一

如果這裡有人埋伏，他們這隊伍就像是一個人的頸子已被一條打了死結的繩索套住。只要埋伏的人一出擊，他們就要被吊起。

頸斷、氣絕、人死、死頸。

死頸中絕對有人埋伏，他們無疑已走上死路，走入死地。

卜鷹相信自己絕不會聽錯。

班察巴那也同樣聽見了他所聽見的聲音。

——人的呼吸聲、心跳聲、喘息聲、馬的呼吸聲、心跳聲、輕嘶聲。

聲音還在遠處。

別人還聽不見，可是他們聽得見。

因爲他們已在這一片沒有同情，沒有憐憫，沒有水，沒有生命，卻隨時可以奪去一切生命的大沙漠上爲了自己的生存奮鬥了二十年。

如果他們也聽不見別人無法聽見的聲音，他們最少已死了二十次。

沒有人能死二十次，絕對沒有。

一個人連一次都不能死。

如果有人說，真正的愛情只有一次，沒有第二次，那麼他說的就算是句名言，也不是真理。

因爲愛情是會變質的，變爲友情，變爲親情，變爲依賴，甚至會變爲仇恨。

會變的，就會忘記。

等到一次愛情變質淡忘後，往往就會有第二次，第二次往往也會變得和第一次同樣真，同樣深，同樣甜蜜，同樣痛苦。

可是死只有一次，絕不會有第二次。

人生中所有的事，只有死，才是真正絕對不會有第二次的。

人、馬、駱駝，本來都是成單線行走的。一個接著一個，蜿蜒如長蛇。

班察巴那在這個隊伍中行走的位置，就正如在一條蛇的七寸上。

卜鷹與小方殿後。

他們已經看見班察巴那打馬馳來，馬急蹄輕，他英俊鎮靜的臉上，已經露出無法掩飾的驚惶之色。

「有人。」他壓低了聲音：「前面的出口，兩邊山巖上都有人。」

那裡是死結上的喉結，一擊就可讓他致命。

下決定的人還是卜鷹，所以班察巴那又問：「我們是退走?還是衝過去?」

卜鷹額角上忽然凸起一根青筋，青筋在不停的跳動。

每到真正緊張時，他這根筋才會跳。

他還沒有下決定，前面的山巖上一塊危石後，忽然出現了一個人。

一個年輕的女孩子，身上穿著的衣服，比藍天更藍，比海水更藍。

她燕子般躍起，站在危石上，站在陽光下，向他們揮手：「卜鷹，我想你，班察巴那，我想你，宋老頭，我也想你。」

她的聲音明朗愉快，她高呼：「我好想你們。」

看見她，卜鷹的眼彷彿也有了陽光。

小方從未見到他眼睛這麼亮，也從未見到他這麼愉快。

這個女孩子本身就像是陽光，總是能帶給人溫暖幸福愉快。

小方忍不住問：「她是誰？」

卜鷹微笑，班察巴那也在笑，剛才的驚慮都已變爲歡悅。

「她姓藍。」卜鷹說：「她的名字就叫做陽光。」

二

過了死頸，就是一片沃野平原，距離聖地拉薩已不遠了。

隊伍已停下來，紮起了營帳。

每個人都顯得很愉快，是陽光爲他們帶來的愉快，他們都用藏語在爲她歡呼，他們都稱她爲：「藍色的陽光。」

她是來接應他們的。

「我是想嚇唬嚇唬你們。」她的笑聲也如陽光般明朗：「可是我又不想把你們嚇死。」

她抱住了卜鷹：

「像你這樣的人，天下再也找不出第二個，萬一把你嚇死了怎麼辦？」

小方微笑。

他也從未見過如此明朗，如此令人愉快的女孩子。

她並不能算是個完全無瑕的絕色美人，她的鼻子有一點彎曲，跟卜鷹的鼻子有一點相像。

但是她的眼波明媚，雪白的皮膚光滑柔軟如絲緞。

美。

她笑起來的時候，微微彎曲的鼻子微微皺起，這一點小小的缺陷，反而變成了她特殊的美。

小方忽然發現卜鷹很喜歡捏她的鼻子。

現在他就正在捏她的鼻子！

「你答應過我，這一次絕不出來亂跑的，爲什麼又跑出來了？」

陽光輕巧的避開了這問題。

「你爲什麼總是喜歡捏我鼻子？」她反問：「是不是想把我的鼻子捏得像你一樣？」

小方笑了。

陽光回過頭，瞪了他一眼。

「他是誰？」

「他叫小方。」卜鷹說：「要命的小方。」

「爲什麼要叫他要命的小方？」

「因爲有時候他跟你一樣要命，有時候要把人氣死，有時候想把人嚇死。」卜鷹眼中充滿笑意：「他自己卻又偏偏是個不要命的人。」

陽光又盯著小方看了半天。

「我喜歡不要命的男人。」她又開始笑：「現在我已經開始有點喜歡你了！」

她忽然也像剛才抱住卜鷹那樣抱住了小方，在小方的額上親了親：「我大哥的朋友就是我的朋友。」她說：「他喜歡的人我都喜歡。」

小方的臉居然沒有紅，因爲她的臉也沒有紅。

她抱住他時，就像是陽光普照大地一樣，明朗而自然。

小方絕不是個扭扭捏捏的男人，很少能把心裡想說的話忍住不說。

「我也喜歡你。」他說：「真的很喜歡。」

三

天色已暗了。

營地中又開始了歡飲高歌，歌聲比往昔更歡愉嘹亮。

因爲其中又增加了十多個少女清亮的歌聲。

她們都是陽光帶來的，都是像陽光一樣明朗活潑的女孩子。

她們也像她們的兄弟情人一樣，騎劣馬，喝烈酒，用快刀。

喝醉了、喝累了，她們就跟她們的情人兄弟躺在一起，數天上的星星。

對一個心中本無邪念的人來說，世上有什麼邪惡的事？

平常很少喝酒的班察巴那，今天也喝得不少。

他配合著卜鷹，拍手低唱。

兒須成名，

酒須醉。

醉後暢談，

是心言。

他們的歌聲中，竟似帶著一種淡淡的悲傷，淡淡的離愁。

班察巴那忽然推杯而起：「你已經快到家了。」他說：「我也該走了。」

卜鷹慢慢的點了點頭。

「我知道。」他的神色黯然：「我回去，你走。」

班察巴那什麼都沒有再說，只用力握一下他的手，就頭也不回的走了。

帳外已備好兩匹馬，一匹是他的馬，另一匹馬上已裝配好他所需要的一切。

他一躍上馬，打馬而去。

他一直沒有再回頭。

天還沒有亮，只露出了一點曙光。

大地依然寒冷寂寞。

班察巴那迎風走向遠方那無邊無際的無情大地，那裡仍然有無垠無止的寒冷寂寞苦難在等著他。

小方忽然覺得胸中也湧起了一股說不出的蕭索淒涼，忍不住問：

「他爲什麼不跟你回去？爲什麼要一個人走？」

過了很久卜鷹才回答：「因爲他天生就是個孤獨的人，天生就喜歡孤獨。」卜鷹慢慢的說：「他這一生中，大部分歲月都是在孤獨中度過的。」

「你知道他要到哪裡去？」

「不知道。」卜鷹回答：「沒有人知道。」

這時天終於亮了，旭日終於昇起。

第一線陽光正照在藍色的陽光身上。

「我不喜歡孤獨。」她拉緊卜鷹的手：「我們回家去。」

廿五 聖地

一

小方從未想到卜鷹也有家。

卜鷹有家。

他不但有家，而且遠比大多數的家都寬大幽美華麗。

卜鷹的家就在藏人心目中的聖地「拉薩」。他的家也是他的夥伴子弟心目中的聖地。

過了達賴活佛的布達拉宮，有一座青色山崗，一片綠色湖泊。

他的家就在山腳下，青山在抱，綠水擁懷，遠處的宮殿和城堞隱約在望，晴空如洗，萬里無雲，白色的布達拉宮在驕陽下看來亮如純銀。到了夕陽西下時，又變得燦爛如黃金。

小方也從未想到，在塞外的邊陲之地，竟有如此美妙的地方，美得輝煌而神秘，美得令人心迷惑，美得令人都醉了。

貨物需要清點，盈利必須算清，盡快分給每一個應得的人，讓他們去享受應得的歡樂。

所以卜鷹將小方交給了陽光。

他們都年輕，他們彼此相悅，卜鷹希望陽光能夠照亮小方心裡的陰影。

波娃的陰影。

日出時候，他們漫步在山崗上，卜鷹的宅第園林湖泊在他們腳下，遠處的宮殿彷彿近在眼前。

陽光問小方：「你喜不喜歡這地方？」

小方點頭，他只能點頭，沒有人能夠不喜歡這個地方。

陽光又問：「你以前來過這地方沒有？」

小方搖頭。他以前沒有來過，如果來過，很可能就不會走了。

陽光拉起小方的手，就好像她拉著卜鷹的手時一樣。

「我帶你出去玩。」她說：「他們在做生意，我們去玩。」

「到哪裡去玩？」

「我們先到布達拉宮去。」

二

石砌的城垣橫亙在布達拉宮和恰克卜里山之間，城門在一座舍利塔下，塔裡藏著古代高僧的佛骨，和無數神秘美麗的傳說與神話。

通過圓形的拱門，氣勢逼人的宮殿赫然出現在他們右方。

宮殿高四十丈，寬一百二十丈，連綿蜿蜒的雉堞，高聳在山岩上的城堡，古老的寺院、禪房、碑碣、樓閣，算不清的窗牖帷簾，看來瑰麗而調和，就像是夢境，不像是神話。

小方彷彿已看得癡了。

——波娃呢？

——如果他身邊的人是波娃？

爲什麼一個人在被「美」所感動時，反而更不能忘記他一心想忘記的人？

爲什麼人們還是很難忘記一些自己應該忘記的事？

太陽照在他身上，陽光在看著他，陽光美麗而明朗。

——波娃呢？

——波娃並不像雪，波娃就像是雨，綿綿的夏雨，剪不斷的離愁，剪不斷的雨絲。

小方忽然說：「我們到大昭寺去。」

他知道大昭寺外，圍繞著寺院的八角街，是這城最繁華熱鬧的地方，所有最大的富家行號，都在那條街上。

卜鷹的「鷹記」商號也在那條街上。

小方希望「熱鬧」能夠讓他「忘記」，哪怕只不過是暫時忘記也好。

大昭寺是唐代文成公主所建。在那個時代，西藏還是「吐蕃」，拉薩還是「邏娑城」。大唐貞觀十四年，吐蕃的宰相「東贊」，帶著珍寶無算，黃金五千兩，到了長安，把天可汗的侄女，「面貌慧秀，妙相具足，端莊美麗，體淨無瑕，口吐『哈里旃檀香粒』，而且虔誠事佛」的文成公主帶回了邏娑城，嫁給了他們的第七世「贊普」，雄姿英發，驚才絕艷的「棄宗弄讚」。

爲了她的虔誠，爲了她的美麗，他爲她建造了這座雄偉宏麗的寺院。

但是寺院外的街市，卻是這城市的另一面。

城市亦如皮革，有光滑美麗的一面，也有粗糙醜陋的一面。

有些街頭上拉圾糞便狼籍，成群結隊的年老乞丐，穿著破舊襤褸的衣服，剃光頭，打赤足，匍匐在塵土中，嘴裡喃喃不停的唸著他們的六字真言「唵吧呢叭咪吽」，等待著行人香客的施捨。

在沙漠中，在那場大風暴裡，小方失去了他的食水和糧食，卻沒有失去他的銀錢。

他將他身上所有的全都施捨給他們，不僅是因爲同情和憐憫，還像是被一種奇異的力量所催使感召。

「我不想到大昭寺去了。」小方自己也不知道自己心裡爲什麼會有這種奇異的變化：「我們能不能到你們的商號去看看？」

「你能去。」陽光說：「你是大哥的朋友，你想到哪裡去，我都帶你去。」

她臉上又露出陽光般美麗明朗的笑：「到了那裡，我還要帶你去見一個人，你一定也會把他當作朋友的。」

她說的這個人叫朱雲。

三

朱雲就是「鷹記」的大掌櫃，大掌櫃的意思，就是總管。

朱雲今年二十八歲，三年前卜鷹就已將「鷹記」的商務交給了他。

一個二十五歲的人就能升到如此高位，並不是容易事，也並非僥倖。

他年輕、誠實，生活簡樸，做人守本份，說話中肯扼要，雖然至今仍是獨身，卻從來不近酒色。

卜鷹信任他，他的伙計尊重他，他也從未讓別人失望過。

他也沒有讓小方失望。

他用誠懇的態度和滾燙的酥酒茶招待小方，他經營的商號簡樸規矩乾淨大方。

他告訴小方：「我就住在後面，只要你沒事，隨時都可以來找我。」朱雲說：「我每天都在，日夜都在。」

陽光拉著他的手，就好像她拉著卜鷹、小方的手時一樣。

「他平時不喝酒，可是，如果你一定要他喝，他也不會比你先醉。」她的笑容如陽光，「只不過，你要找女人，他就沒法子了。」

她並沒有把「找女人」當作一件丟人的事，她指著自己的鼻子，指著她那個雖然有點彎曲，看起來卻還是很漂亮的鼻子說：「你要找女人，就得來求我，我替你找的女孩子保證比你以前見到過的都溫柔好看。」

她不是女人，不是屬於某一個人的女人。

她是陽光。

陽光是屬於大家的，是誰也不能獨佔的。

——波娃呢？

小方忽然站起來！

「你能不能現在就帶我去找！」

「現在？」陽光顯得有點驚訝：「現在你就要去找女人？」

「不但要找女人，還要喝酒。」

這裡是聖地，聖地也像別的地方一樣，也有禁地，也有黑暗的地方，有酒、也有女人。

小方忽然發現一個女孩子很像波娃，一個瘦瘦的，弱弱的，靜靜的女孩子。

這時候他已經醉了。

一個人醉在聖地，跟醉在別的地方也沒什麼兩樣。

廿六　鳥屋疑雲

一

凌晨。

小方從那條沒有柳的柳巷中走出來時，只覺得頭疼、乾渴、沮喪。這種感覺也跟他在別的地方醉後醒來時沒什麼兩樣。

陽光正照上一堵斜牆，是金黃色的陽光，不是藍色的。

一個衣著襤褸，蓬頭垢面的小孩子，手裡捧著個鐵皮罐子，蹲在斜牆下，低頭看著他的罐子，看得聚精會神，就好像世界上再也沒什麼比他這罐子裡的東西更有趣了。

世界上本來就充滿了許許多多很無聊的事，現在小方心裡也覺得很無聊。

一個無聊的人，做了一夜無聊的事，心情總是這樣子。

他忽然想去看看這小孩罐子裡裝的是什麼。

罐子裡裝的是小蟲，裝滿了各種扭曲蠕動的小蟲。

小方居然問他：「這些是什麼蟲？」

「這些不是蟲。」小孩居然回答。

「不是蟲？」小方有點驚奇：「不是蟲是什麼？」

「在你眼中看來雖然是蟲，可是在我的朋友眼中看來，卻是頓豐富的大餐。」

他抬起頭，看著小方，臉上雖然髒得要命，一雙黑白分明的大眼睛卻顯得非常機伶巧黠：

「因爲我的朋友不是人，是鳥。」

小方笑了。

他忽然覺得這小孩很有意思，說的話也很有意思，他故意問：「你明明是個人，爲什麼要跟鳥交朋友？」

「因爲沒有人肯跟我交朋友，只有鳥肯跟我交朋友。」小孩說：「有朋友總比沒有朋友好。」

他明明是個小孩，可是他說出來的話卻不像小孩說的。

他的話竟引起了小方很多感觸。

「不錯，有朋友的確比沒有朋友好。」小方輕輕嘆息：「鳥朋友有時候也比人朋友好。」

「爲什麼？」

「因爲人會騙人，會害人，鳥不會。」

小方已經準備走了，他不想讓這天真的小孩知道太多人心的詭詐。

小孩卻又問他。

「你呢？你對朋友好不好？」他問的話很奇怪：「如果你有個朋友需要你幫助，想要你去看看他，你肯不肯去？」

小方回過頭，看著他：「如果我肯去，又怎麼樣？」

「你肯去，現在就跟我走。」

「跟你走？」小方問：「爲什麼要跟你走？」

「因爲我就是你那個朋友叫我來找你的。」小孩說：「我已經在這裡等了你一夜。」

小方更驚訝：「你知道我是誰？」

「我當然知道。」小孩道：「你姓方，別人都叫你要命的小方。」

「我那個朋友是誰？」

「我不能說。」

「爲什麼？」

「因爲他要我替他保守秘密，我已經答應了他。就算你殺了我，我也不會說出來的。」

小方的好奇心無疑已被引起。

一罐小蟲，一個小孩，一個需要他幫助的朋友，一件寧死也不能說出的秘密。

他從未想到這些事居然能聯在一起，他想不通這其中有什麼聯繫？

「好。」小方忽然下了決心：「我跟你去，現在就去。」

小孩卻又用那雙黑白分明的大眼睛盯著他看了半天。

「我能替你的朋友保守秘密，你呢？」他問小方：「你能不能替朋友保守秘密？」

小方點頭。

小孩忽然跳起來，用一隻髒得出奇的小手，拉起小方的手：「你跟我來！」

二

遠處鐘鼓齊鳴，一聲聲梵唱隨風飄來，寶塔的尖頂在太陽下閃著金光。

天空澄藍，陽光艷麗，充滿了神聖莊嚴肅穆的景象。

骯髒的小巷裡，卻擠滿了各式各樣卑賤平凡窮困齷齪的人，他們的神佛好像並沒有聽到他們的祈求禱告，並沒有好好的照顧他們。

但是他們從不埋怨。

小孩拉著小方的手，穿過人群，穿過小巷，來到一座宏大壯麗的寺院。

「這裡是什麼地方？」

「是大昭寺。」

到大昭寺來幹什麼?那個神秘的朋友是不是在大昭寺等他?

小孩好像故意不讓小方再問，很快的拉著他，從無數虔誠的香客中擠了進去。

他明明是個小孩子，可是他做出來的事卻不像小孩做的。

壯麗的寺院，光線卻十分陰森幽暗，數千支巨燭和用牛油做燃料的青銅燈，在風中閃動著神秘的火燄。

高聳的寺牆上，有無數神龕，供奉著面目猙獰的巨大七色神像，在閃動的燭火中，更顯得詭秘可怖。

也許就是這種力量，才能使人們的心神完全被拘攝，完全忘記自我。有的香客腳上甚至拖著沉重的鐵鐐，在佛堂裡爬行。

小方瞭解他們這種行爲，世上有很多人都希望能借肉體上的苦痛，消除心上的愧疚罪孽。

他自己也彷佛沉浸入這種似真似幻、虛無玄秘的感覺中。

他忽然瞭解到宗教力量的神奇偉大。

空氣中氤氳著酸奶和香燭的氣味，風中迴盪著鐘鼓銅鈸聲，沉重的陰影中燈火搖曳。低沉快速的經咒聲隨著佛前的祈禱輪響動。

小孩忽然停下來，停在石壁上一個穹形的石窟前。

石窟裡有一幅色彩鮮艷，但卻恐怖之極的壁畫，畫的是一個猙獰妖異的羅刹鬼女，正在吸吮著一個凡人的腦髓。

精密細緻的畫功，看來栩栩如生，小方雖然明知這只不過是幅圖畫，心裡還是覺得很不舒服。

小孩忽又問他：「你知不知道這個人是誰？這個羅刹鬼女為什麼要吸他的腦？」

小方不知道。

「因為他是個不守信的人。」小孩說：「他答應為他的朋友保守秘密，卻沒有做到。」

小方苦笑。

「你好像不太相信我。」

「我們還不是朋友，我不能信任你。」

小孩的大眼睛閃動著狡黠的光：「你要我帶你去，一定要在這裡先立個誓，如果你違背了誓言，終生都要像這個人一樣，受羅刹鬼女惡毒的折磨。」

那個朋友究竟是誰？行蹤為什麼要如此詭秘？

小方立下了一個毒誓。

他不怕神鬼的報應，他從未出賣過別人，他這一生中，唯一對不起的人，就是他自己。

小孩笑了，真心的笑了。

「你果然是個好人。」他又拉起小方：「現在我真的帶你去了。」

「到哪裡去？」

「到鳥房去。」小孩說：「你的朋友和我的朋友都在那裡。」

三

鳥房是棟奇怪的木房，建造在一片凸起的山岩上，幾棵巨大的樹木間。

木房的四周都有欄杆，屋簷鳥翅般向外伸起，簷下排滿了鳥籠。

手工精細的鳥籠裡，鳥聲啁啾，有的鳥小方非但不知名，連看都沒看見過。

「這些鳥籠都是我做的。」

小孩的眼中閃著光，顯然在爲自己而驕傲：「你看不看得出它們有什麼特別地方？」

小方已經看出來，這些鳥籠雖然也有「門」，卻都是開著的。

「我不願把牠們當囚犯一樣關在籠子裡，只要牠們高興，隨時都可以飛出去。」小孩說：

「可是飛走的往往又會飛回來。」

他骯髒的臉上露出光輝的笑容：「因爲牠們也知道我是牠們的朋友。」

小方忍不住問：「我那個朋友呢？」

小孩指著一扇很窄很窄的木門：「你的朋友就在裡面。」

木屋裡寬大空闊，四壁的木板都已很陳舊，有的甚至已乾裂，無疑已是棟多年的老屋，遠在這小孩出世前就已建起。

寬大的木屋裡，只有一張低矮的木桌，一個巨大的火盆，和一個人。

火盆上支著燒烤食物的鐵架，人就坐在地上，背對著門。

小方進來時，他沒有回頭，也沒有反應。

他的背影很瘦，雙肩斜斜下削，帶著種說不出的落寞蕭索，世上彷彿已很少人能驚動他，引起他的注意。

如果你也是個經驗豐富的江湖人，你從一個人的背影，也能看出很多事。

小方的經驗雖然並不十分多，可是他一看見這個人的背，就立刻確定了一件事——他從未見過這個人，更不認得這個人。

只要是他認得的人，看見背影，也就一定能認得出。

他想這個人絕對不是他的朋友。

誰也不會跟一個自己從未見過的人交上朋友。

這個人究竟是誰？爲什麼要冒稱小方的朋友？爲什麼要一個小孩帶小方來見他？

廿七　劍客無淚

一

小方站住。

他走動時輕捷靈敏，就像是一根石樁釘入大地。

他已經有了準備，準備應付任何一種突發的危機。

他沒有先發動，只因爲這個人看來並不是危險的人，他只說：「我就是小方，我已經來了。」

這個人還是沒有回頭，過了很久，才慢慢的抬起他的手，指著桌子對面，輕輕的說了一個字：「坐。」

他的聲音顯得很微弱，他的手上纏裹著白布，隱隱有血跡滲出。

這個人無疑受了傷，傷得不輕。

小方更確信自己絕不認得這個人，但他卻還是走了過去。

這個人絕不是他的對手，他的戒備警惕都已放鬆。

他繞過低矮的木桌，走到這個人面前。

就在他看見這個人的那一瞬間，他的心忽然沉了下去，沉到冰冷的腳底。

小方見過這個人，也認得這個人。

這個人雖然是小方的仇敵，但是他如果要將小方當作朋友，小方也絕不會拒絕。

有種人本來就是介於朋友與仇敵之間的。一個值得尊敬的仇敵，有時甚至比真正的朋友更難求。

小方一直尊重這個人。

他剛才沒有認出這個人，只因爲這個人已經完全變了，變得悲慘而可怕。

絕代的佳人忽然變爲骷髏，曠世的利器忽然變爲鏽鐵。

雖然天意難測，世事多變，可是這種變化仍然令人難免傷悲。

小方從未想到一位絕代的劍客竟會變成這樣子。

這個人竟是獨孤癡！

二

小方也癡。

非癡於劍，乃癡於情。

劍癡永遠不能瞭解一個癡情的人消沉與悲傷，但是真正癡情的人，卻絕對可以瞭解一個劍癡的孤獨、寂寞和痛苦。

劍客無名，因爲他已癡於劍，如果他失去了他的劍，心中會是什麼感受？

如果他失去了握劍的手，心中又是什麼感受？

小方終於坐下。

「是你。」

「是我。」獨孤癡的聲音平靜而衰弱：「你一定想不到是我找你來的。」

「我想不到。」

「我找你來，只因爲我沒有朋友，你雖然也不是我的朋友，但是我知道你一定會來。」

小方沒有再說什麼。

有很多事他都可以忍住不問，卻忍不住要去看那隻手——那隻握劍的手。

那隻現在已被白布包纏著的手。

獨孤癡也沒有再說什麼，忽然解開了手上包纏著的白布。

他的手已碎裂變形，每一根骨頭幾乎都已碎裂。

劍就是他的生命，現在他已失去了握劍的手——才子已無佳句，紅粉已化骷髏，百戰成功的英雄已去溫柔鄉住，良駒已伏櫪，金劍已沉埋。

小方心裡忽然覺得有種說不出的酸楚，一種尖針刺入骨髓般的酸楚。

獨孤癡已經變了，變得衰弱憔悴，變得光芒盡失，變得令人心碎。

他只有一點沒有變。

他還是很靜，平靜、安靜、冷靜，靜如磐石，靜如大地。

劍客無情、劍客無名、劍客也無淚。

獨孤癡的眼睛裡甚至連一點表情都沒有，只是靜靜的看著他那隻碎裂的手。

「你應該看得出我這隻手是被人捏碎的。」他說：「只有一個人能捏碎我的手。」

只有一個人，絕對只有一個人，小方相信，小方也知道他說的這個人是誰。

獨孤癡知道他知道。

「卜鷹不是劍客，不是俠客，也不是英雄，絕對不是。」

「他是什麼？」小方問。

「卜鷹是人傑！」獨孤癡仍然很平靜：「他的心中只有勝，沒有敗，只許勝，不許敗，爲了求勝，他不惜犧牲一切。」

小方承認這一點，不得不承認。

「他知道自己不是我的敵手。」獨孤癡道：「他來找我求戰時，我也知道他必敗。」

「但是他沒有敗。」

「他沒有敗，雖然沒有勝，也沒有敗。他這種人是永遠不會敗的。」獨孤癡又重覆一遍：「因爲他不惜犧牲一切。」

「他犧牲了什麼？」小方不能不問：「他怎麼犧牲的？」

「他故意讓我一劍刺入他胸膛。」獨孤癡道：「就在我劍鋒刺入他胸膛的那一瞬間，他忽然捏住了我的手，捏碎了我的這隻手。」

他的聲音居然還是很平靜：「那時我自知已必勝，而且確實已經勝了，那時我的手中劍鋒都已與他的血肉交會，我的劍氣已衰，我的劍已被他的血肉所阻，正是我最弱的時候。」

小方靜靜的聽著，不能不聽，也不想不聽。

獨孤癡一向很少說話，可是聽他說的話，就像是聽名妓談情，高僧說禪。

「那只不過是一刹那間的事。」獨孤癡忽然問：「你知不知道這一刹那是多久？」

小方不知道。

他只知道「一刹那」非常短暫，比「白駒過隙」那一瞬還短暫。

「一刹那是佛家語。」獨孤癡道：「一彈指間，就已六十刹那。」

他慢慢的接著道：「當時生死勝負之間，的確只有『一刹那』三個字所能形容，卜鷹抓住了那一刹那，所以他能不敗。」

一刹那間就已決定生死勝負，一刹那間就已改變一個人終生的命運。

這一刹那，是多麼驚心動魄！

但是獨孤癡在談及這一刹那時，聲音態度都仍然保持冷靜。

小方不能不佩服他。

獨孤癡不是名妓，不是高僧，說的不是情，也不是禪。

他說的是劍，是劍理。

小方佩服的不是這一點，獨孤癡應該能說劍，他已癡於劍。

小方佩服的是他的冷靜。

很少有人在這種情況下還能保持冷靜，小方自己就不能。

獨孤癡彷彿已看穿他的心意。

「我已將我的一生獻於劍，現在我說不定已終生不能再握劍，但是我並沒有發瘋，也沒有崩潰。」他問小方：「你是不是覺得很奇怪？」

小方承認。

獨孤癡又問：「你想不想知道我爲什麼還沒有倒下去？」

他自己說出了答案：

「因爲卜鷹雖然捏碎了我握劍的手，卻捏不碎我心中的劍意。」獨孤癡道：「我的手中雖然已不能再握劍，可是我心中還有一柄劍。」

「心劍？」

「是。」獨孤癡道：「心劍並不是空無虛幻的。」

他的態度真誠而嚴肅：「你手中縱然握有吹毛斷髮的利器，但是你的心中若是無劍，你手中的劍也只不過是塊廢鐵而已，你這個人也終生不能成爲真正的劍客。」

「以心動劍，以意傷敵。」

這種劍術中至高至深的境界，小方雖然還不能完全瞭解，但是他也知道，一個真正的劍客，心與劍必定已融爲一體。

人劍合一，馭氣御劍。

是劍客所必須達到的境界，否則他根本不能成爲劍客。

獨孤癡又道：「卜鷹雖然沒有敗，但是他也沒有勝，就在我這隻手被他捏碎的那一刹那，我還是可以將他刺殺於我的劍下。」

「你爲什麼沒有刺殺他？」小方問。

「因爲我的心中仍有劍。」獨孤癡道：「我也跟他一樣，我們的心中並沒有生死，只有勝負。我們求的不是生，而是勝，我並不想要他死，只想擊敗他，真正擊敗他，徹底擊敗他。」

小方看看他的手：「你還有機會能擊敗他？」

獨孤癡的回答充滿決心與自信。

「我一定要擊敗他！」

小方終於明白，就因爲他還有這種決心與自信，所以還能保持冷靜。

獨孤癡又道：「就因爲我一定要擊敗他，所以才找你來，我沒有別的人可找，只有找你。」

他凝視著小方：「這是你我之間的秘密，你絕不能洩露我的秘密，否則我必死。」

「你必死？」小方道：「你認爲卜鷹會來殺你？」

「不是卜鷹，是衛天鵬他們。」

獨孤癡看看自己的手：「他們都認爲我已是個無用的廢人，只要知道我的下落，就絕不會放過我的，因爲我知道的秘密太多了，而且從未將他們看在眼裡。」

「所以他們恨你。」小方道：「我看得出他們每個人都恨你，又恨又怕。現在你已經沒有讓他們害怕的地方，他們當然要殺了你。」

「所以我找你來。」獨孤癡道：「我希望你能替我做兩件事！」

「你說！」

「我需要用錢，我要你每隔十天替我送三百兩銀子來，來的時候絕不能被任何人知道。」

獨孤癡並沒有說出他爲什麼要用這麼多銀子，小方也沒有問。

「我還要你去替我殺一個人！」

他居然要小方去替他殺人！

「我們不是朋友，身爲劍客，不但無情無名無淚，也沒有朋友。」獨孤癡道：「我們天生就是仇敵，因爲你也學劍，我也想擊敗你，不管你替我做過什麼事，我還是要擊敗你。」

他慢慢的接著道：「你也應該知道，在我的劍下，敗就是死！」

小方知道。

「所以你可以拒絕我，我絕不怪你。」獨孤癡道：「我要你做的事並不容易。」

這兩件事的確不容易。

每隔十天送三百兩銀子，這數目並不小，小方並不是有錢人，事實上，現在他根本已囊空如洗。

小方也不是個願意殺人的人。

他應該拒絕獨孤癡的，他們根本不是朋友，是仇敵。

他很可能會死在獨孤癡的劍下，他們初見時他就已有過這種不祥的預感。

但是他無法拒絕他。

他無法拒絕一個在真正危難時還能完全信任他的仇敵。

「我可以答應你。」小方道：「只不過有兩件事我一定要先問清楚。」

他要問的第一件事是：「你確信別的人絕不會找到這裡來？」

這地方雖然隱秘，但並不是人跡難至的地方。

獨孤癡的回答卻很肯定：「這地方以前的主人是位隱士，也是位劍客，他的族人們都十分尊敬他，從來沒有人來打擾過他。」獨孤癡道：「更沒有人想得到我會到這裡來。」

「為什麼？」

「因為那位隱士劍客就是死在我劍下的。」獨孤癡道：「兩個月前，我到這裡來，將他刺殺於外面的古樹下。」

小方深深吸了口氣，然後才道：「那個孩子是不是他的兒子？」

「是。」

「你殺了他的父親，卻躲到這裡來，要他收容你，為你保守秘密？」

「我知道他一定會爲我保守秘密。」獨孤癡道：「因爲他要復仇，就絕不能讓我死在別人的手裡，普天之下，也只有我能傳授他可以擊敗我的劍法。」

「你肯將這種劍法傳授他？」

「我已答應了他。」獨孤癡淡淡的說：「我希望他能爲他父親復仇，也將我同樣刺殺於他的劍下。」

小方的指尖冰冷。

他並不是不能瞭解這種情感，人性中本來就充滿了很多這種尖銳痛苦的矛盾。就因爲他瞭解，所以才覺得可怕。

獨孤癡一定會遵守諾言，那個孩子將來很可能變成比他更無情的劍客。遲早總有一天會殺了獨孤癡，然後再等著另一個無情的劍客來刺殺他。

對他們這種人來說，生命絕不是最重要的，無論是別人的生命還是他們自己的都一樣。他們活著，只不過是爲了完成一件事，達到一個目的，除此之外，任何事他們都絕不會放在心上。

三

門外陽光遍地，屋簷下鳥語啁啾。生命本來如此美好，爲什麼偏偏有人要對它如此輕賤？

小方慢慢的站起來，現在他只有最後一件事要問了：一件事，兩個問題。

「你爲什麼要我去殺人？」他問：「你要我去殺誰？」

「因爲他若不先死，我就永遠無法做到我想做到的事。」獨孤癡先回答前面一個問題：

「只有卜鷹能捏碎我握劍的手，這個人卻折斷我心中的劍。」

心中本無劍，如果劍已在心中，還有誰能折斷？

要折斷人的心劍，必定先要讓那個人心碎，無情無名無淚的劍客，心怎麼會碎？

獨孤癡冷漠的雙眼中，忽然起了種奇怪的變化，就像是一柄已殺人無算的利器，忽然又被投入鑄造它的洪爐中。

誰也想不到他眼中會現出如此強烈痛苦熾熱的表情：「是個女人，是個魔女，我只要一見到她，就完全無法控制自己，雖然我明知她是個這樣的女人，卻還是無法擺脫她，她若不死，我終生還要受她的折磨奴役。」

小方沒有問這個女人是誰。

他不敢問。

他內心深處忽然有了種令他自己都怕得要命的想法。

他忽然想起了古寺幽火閃動照耀下的那幅壁畫上，那個吸吮人腦的羅刹鬼女，那張猙獰醜惡的臉，彷彿忽然變成了另一個女人的臉。

一張純潔美麗的臉。

獨孤癡又開始接著說下去——

「我知道她一定也到了拉薩，因爲她絕不會放過卜鷹，也絕不會放過我。」

小方聽見自己的聲音在問：「爲什麼？」

「因爲卜鷹就是貓盜，絕對是！」獨孤癡道：「她一定會跟卜鷹到拉薩來，她在拉薩也有個秘密的地方藏身。」

「在哪裡？」

「就在布達拉宮的中心，達賴活佛避寒的『紅宮』旁，一間小小的禪房裡。」獨孤癡道：「只有她能深入布達拉宮的中心，因爲喇嘛們也是男人，絕沒有任何男人能拒絕她的要求。」

小方已經走出去。

他不想再聽，不想聽獨孤癡說出這個女人的名字。

可是獨孤癡已經說了出來。

「她的名字叫波娃。」他的聲音中也充滿痛苦：「你既然已經答應了我，現在就得去替我殺了她！」

廿八 殺搏

一

門外依舊是陽光遍地，屋簷下依舊有鳥語啁啾，可是生命呢？

生命是否真的如此美好？生命中為什麼總是要有這麼多誰都無法避免的痛苦與矛盾？

小方慢慢的走出來，那孩子仍然站在屋簷下，癡癡的看著一個鳥籠，一隻鳥，也不知是山雀，還是畫眉？

「牠是我的朋友。」孩子沒有回頭看小方，這句話卻無疑是對小方說的！

「我知道。」小方說：「我知道牠們都是你的朋友。」

小孩忽然嘆息，一雙黑白分明的眼睛裡，忽然充滿成人的憂鬱。

「可是我對不起牠們。」

「為什麼？」

「因為我知道遲早總有一天，牠們會全都死在獨孤癡的劍下。」小孩輕輕的說：「只要等到他的手可以握劍時，就一定會用牠們來試劍的。」

「你怎麼知道？」小方問。

「我父親要我養這些鳥，也是爲了要用牠們來試劍的。」

小孩道：「有一次他曾經一劍斬殺了十三隻飛鳥，那天晚上，他就死在獨孤癡劍下。」

他雖然是個孩子，可是他的聲音卻已有一種無可奈何的悲傷。

這是不是因爲他已瞭解，死，本來就是所有一切事的終結？

巔峰往往就是終點，一個劍客到了他的巔峰時，他的生命往往也到了終結。

這是他的幸運？還是他的不幸？

風在樹梢，人在樹下。

小方沉默了很久，才慢慢的說：「牠們雖然是你的朋友，可是你說不定也有一天會用牠們來試劍的。」

小孩也沉默了很久，居然慢慢的點了點頭：「不錯，說不定，我也會用牠們來試劍的。」

小方道：「你親眼看見他殺了你父親，明知他要殺你的朋友，卻還是收容了他？」

小孩道：「因爲我也想做他們那樣的劍客。」

小方道：「總有一天，你一定也會成爲他們那樣的劍客。」

小孩忽然回過頭去，盯著小方！

「你呢？」

小方沒有回答。

他已走出古樹的濃蔭，走到陽光下。他一直往前走，一直沒有回頭，因爲他根本無法回答這個問題。

二

大昭寺外的八角街上，有各式各樣的店舖。

久已被油煙燻黑的陰黑店舖裡，有來自四方，各式各樣的貨物：豹皮、虎皮、黑貂皮、山貂皮，各種顏色的「卡契」和絲緞，高掛在貨架上，來自波斯、天竺的布匹和地毯，鋪滿櫃台。

從打箭爐來的茶磚堆積如山，從藏東來的麝香，從尼泊爾來的香料、藍靛、珊瑚、珍珠、銅器，從中土來的瓷器、珊瑚、琥珀、刺繡、大米，從蒙古來的皮貨和鞍貨，換走了各種此地的名產，換來了藏人的富足。

「鷹記」無疑是所有商號中最大的一家。

——卜鷹就是貓盜，絕對是。

——波娃是個魔女，從沒有任何男人能拒絕她。

——你既然已答應我，現在就應該去替我殺她！

小方什麼都沒有想。

他既不能去問卜鷹，也不知道應該用什麼方法才能接近布達拉宮的中心，達賴活佛那所避寒的紅宮。

他只有先回到「鷹記」，他想問朱雲借三百兩銀子。

他相信朱雲一定不會拒絕。

但是朱雲還沒有等到他開口，就先告訴他：「有人在等你，已經等了很久。」

「什麼人？」小方問，「在哪裡？」

「就在這裡！」

小方立刻就看見了這個人。

一個很年輕的人，臉色看來雖然有些憔悴，可是服飾華麗尊貴，態度莊重沉著。在他的族人中，他的地位無疑要比大多數人都高得多。

他是藏人，說的是漢語，艱澀而生硬。小方說一句，他才說一句。

「我姓方，我就是小方。」小方問：「你是不是來找我的？」

「是。」

「可是我不認得你。」

「我也不認得你。」這人盯著小方：「你也不認得我。」

小方又問：「你來找我幹什麼？」

這人忽然站起，走出了「鷹記」。走出了「鷹記」，走出門後才回頭。

「你要知道我爲什麼找你，你就跟我來！」

他站起來之後，小方才發覺他的身材很高大，比一般人都高得很多。

外面就是拉薩最繁華的街道，擠滿了各式各樣的行人。

他走到街道上，就像是一隻仙鶴走入了雞群。有很多人看見了他，臉上都立刻露出種很奇怪的表情，向他恭敬行禮。

有些人甚至立刻就跪下去吻他的腳。

他完全沒有反應，顯然久已習慣接受別人對他的崇拜尊敬。

——這個人究竟是誰？

小方跟著他走了出去，剛走到一家販賣「酥油」和「蔥泥」的食物店舖外，剛嗅到那種也不知道是香是臭，卻絕對能引起人們食慾的異味時，就已經有二三十件致命的暗器，打向他的要害。

是二十七件暗器，聽起來卻只有一道風聲，看起來也只有三道光芒。

二十七件暗器，分別打向小方的三處要害——咽喉、心口、腎囊。

暗器歹器，出手更歹毒。

二十七件暗器，絕對是從同一個方向打過來的，就是從走在小方前面，那個裝飾華貴，態度高雅，而且非常受人尊敬的年輕人手裡打出來的。

這麼樣一個高尙尊貴的人，爲什麼要用如此陰狠歹毒的方法暗算一個素不相識的陌生人？

小方沒有問，也沒有被打倒。

他經歷過的兇險暗算已夠多了，他隨時都在保持著警覺。

暗器打來時，他已扯下剛才走過的一家店舖門外掛著的一條波斯毛氈。

二十七件暗器，全都打在這條手工精細，織法緊密的毛氈上，沒有一件暗器穿過毛氈。

走在小方前面的這個年輕人，既沒有回頭，也沒有停步。

小方也仍然不動聲色，回身將毛氈掛在原來的地方，又跟著這個人往前走。

兩個人繼續往前走，好像什麼事都沒發生過。

但是小方心裡並沒有他外表看來那麼平靜，因爲他已看出這個人是高手，很可能就是他入藏以來，遇見最可怕的一個對手，甚至比衛天鵬更可怕。

衛天鵬的刀雖然可怕，拔刀的動作雖然迅速正確，可是他在拔刀前，右肩總是難免要先聳起。

他的箭雖然可怕，可是他在發箭以前，一定要先彎弓。

縱然是武林中的絕頂高手，在他們發出致命的一擊前，通常都難免會有被人看出來的準備動作。

這個人卻沒有。

他發出那二十七件致命的暗器時，他的頭沒有回過來，肩也沒有動，甚至連手都沒有揚起。

他手臂上的骨節，手腕上的關節，好像都能夠隨意彎曲扭動，從任何人都很難想像到的部位，運用任何人都很難運用出的力量，發出致命的一擊，令人防不勝防。

三

天空澄藍，遠處積雪的山巔在藍天下隱約可見。他們已走過繁榮的街市，走入了荒郊。

從小方現在站著的地方看過去，看不見別的人，也聽不到一點聲音。

小方唯一能看見的人，就是現在已停下來，轉過身，面對著他的人。

這個人正在用一雙充滿仇恨的眼睛盯著他。一個互相都不認得的陌生人，本來絕對不應該存有這種眼色。

「我叫普松。」這個人忽然說出了自己的名字，小方從未聽過這名字。

普松說出來的第二句話更驚人。

「我來找你，」他說：「因爲我要你死！」

他說的漢語生硬艱澀，可是這個「死」字用這種口音說出來，卻顯得更有決心，更有力量，更令人驚心，也更可怕。

小方嘆了口氣：「我知道你要我死，剛才我差一點就死在你手裡。」

「你是劍客，你應該明白。」普松道：「劍客要殺人，只要能殺死那個人就好，隨便用什麼手段都沒有關係。」

他用的詞句詞彙都很奇怪：「你是劍客，隨時都可以殺人，隨時都可以被人殺，你殺了人，你不會怪你自己，你被人殺，也不應該怪別人。」

小方苦笑。

「你怎麼知道我是劍客？」

「我不認得你，但是我聽人說過你，你是中土有名的劍客。」普松的態度嚴肅莊重，絕沒有絲毫輕佻譏刺之意。

他慢慢的接著說：「你是劍客，劍客的劍，就是人的手，每個人的手都應該長在身上；每個劍客的劍也都應該在身上，可是你沒有。」

劍客的劍，就像是人的手。

普松的話雖然艱澀難懂，但是誰也不能不承認他說的很有道理。

「你練的是劍，你殺人用劍。」普松道：「我不練劍，我殺人不用劍，我用手就能殺人。」

他伸出了他的手。

他的手伸出來時，還是一隻很普通的手，忽然間他的手心就已變爲赤紅，紅如夕陽，紅如鮮血，紅如火焰。

普松慢慢的接著說：「我還有手，你卻沒有劍了，所以我不會死，我要你死！」

小方從未聽見過任何人能將這個「死」字說得如此冷酷沉鬱。

這是不是因爲他自己心裡已感覺到死的陰影？

他爲什麼要殺小方？是他自己要殺小方，還是別人派他來的？

以他的武功和氣質，絕不可能做衛天鵬那些人的屬下。

他自己根本從未見過小方，也不可能和小方有什麼勢必要用「死」來解決的恩怨仇恨。

這些問題小方都想不通，小方只看出了一點。

這個人的掌力雄厚邪異，如果不是傳說中的「密宗大手印」那一類功夫，想必也很接近。

這種掌力絕不是小方能夠用肉掌抵抗的。

他的劍不在他身邊，因爲他從未想到在這陌生的地方，也有必須用劍的時候。

他能用什麼對付普松的這一雙血掌？

四

陽光普照的大地，忽然充滿殺機，在死亡陰影下，連陽光都變得陰森黯淡了。

普松向小方逼進。

他的腳步緩慢而沉穩。

有種人只要一下決心開始行動，就沒有人能讓他停下來。

普松無疑就是這種人。

他已下定決心，決心要小方死在他掌下，他心中的陰影只有「死」才能驅散。

小方一步步向後退。

他無法對付普松的這一雙血掌，他只有退，退到無路可退時爲止。

現在他已無路可退。

他已退到一株枯樹下，枯樹阻斷了他的道路，樹已枯死，人也將死。

就在這一刹那間，他心裡忽然閃出了一絲靈機——在生死將分的這一刹那間，本就是人類思想最敏銳的時候。

心劍！

他忽然想起了獨孤癡的話。

——你掌中縱然握有吹毛斷髮的利器，但是你的心中若是無劍，你掌中的利劍也只不過是塊廢劍而已。

這是劍術中至高至深的道理，這道理如果用另一種方法解釋，也同樣可以存在。

——你掌中雖然無劍，但是你的心中如果有劍，縱然是一塊廢鐵，也可以變成殺人的利器。

人已逼近。

普松忽然發出低吼如獅，全身的衣衫忽然無風而動，震盪而起。

他已振起了全力，作致命的一擊。

他的血掌已擊出！

就在這一刹那間，小方忽然反手拗斷了一根枯枝，斜斜的刺了出去。

在這一刹那間，這根枯枝已不是枯枝，已經變成了一柄劍。

無堅不摧的殺人利劍。

因爲他心裡已沒有將這根枯枝當作枯枝，他已將它當作了一柄劍，全心全意的將它當作了一柄劍，他的全身精氣都已貫注在這柄劍上。

這一劍看來雖然空靈縹緲虛無，可是他一劍刺出，普松的血掌竟已被洞穿。

他的手乘勢往前一送，他的「劍」又刺入了普松的眼。

普松的血掌竟被這一根枯枝釘在自己的眼睛上！

鮮血飛濺，人倒下，一倒下就不再動。

等到有風吹過的時候，小方才發覺自己的衣衫都已濕透。

他自己也想不到，他這一劍有這樣的威力，因爲這一劍並不是用他的手刺出的，而是用心刺出的。

在這一劍刺出的那一刹那，他的心、他的手、他的人，已完全和他的劍融爲一體。

在這一刹那間，他的精氣貫通，人神交會，他把握住這一刹，刺出了必殺必勝的一劍。

這就是「心劍」的精義。

五

但是普松並沒有死。

小方忽然聽見他在喃喃自語，彷彿在呼喚著一個人的名字。

「波娃……波娃……」

小方的心抽緊，立刻俯下身，用力抓起了普松的衣襟！

「是不是波娃要你來殺我的？」他的聲音嘶啞：「是不是？」

普松眼睛裡一片虛空，喃喃的說：「她要我帶你去見她，我不能帶你去見她，我寧可死。」

他用的詞句本來就很艱澀難解：「我不能要你死，我自己死，等我死了，你才能去見她。我活著時，誰也不能把她搶走！」

小方的手放鬆了。

他忽然瞭解普松心裡的陰影是怎麼會存在的。

只有最強烈痛苦的愛，才能帶來如此沉鬱的陰影。

同樣的痛苦，同樣的愛，同樣的強烈，使得小方忽然對這個人，生出種說不出的憐憫哀傷。

普松忽然從心的最深處吐出口氣：

「我已將死，你可以去了。」

他掙扎著，拉開剛才已經被小方抓緊了的衣襟，露出了裡面的黃色袈裟。

直到此刻，小方才看出他是個僧人。

看他的氣度和別人對他的尊敬，他無疑是位地位極高的喇嘛。

但是他也像其他那些凡俗的人一樣，寧願爲一個女人而死。

——她不是女人，她是個魔女，沒有任何男人能拒絕她。

小方的心在刺痛。

「你要我到哪裡去？」

普松從貼身的袈裟裡，拿出個金佛。

「你到布達拉宮去，帶著我的護身佛去，去求見『噶倫喇嘛』，就說我……我已經解脫了。」

這就是他的最後一句話。

他心中的陰影只有死才能驅散，他心中的痛苦只有死才能解脫。

——他是不是真的已解脫了？他死時心中是否真的恢復了昔日的寧靜？

這問題有誰能回答？

他把這問題留給了小方。

廿九 高僧的賭約

一

「噶倫喇嘛」是在雄奇瑰麗的布達拉宮，一個陰暗的禪房中接見小方的。

在這古老而神秘的宗教傳統中，噶倫喇嘛不僅必須是位深通佛理的高僧，也是治理萬民的大吏，地位僅次於他們的活佛達賴。

但是他的人卻像這間禪房一樣，顯得陰暗衰老、暮氣沉沉。

小方想不到這麼容易就能見到他，更想不到他居然是這樣的人。

他盤膝坐在一張古老破舊的禪床上，接過小方交給他的金佛，默默的聽小方說出來意，滿佈皺紋的瘦臉上，始終帶著種正在深思的表情，卻又彷彿全無表情，因爲他的思想已不能打動他的心。

「我明白你的意思。」等小方說完後，噶倫喇嘛才開口：「我也知道普松的痛苦只有死才能解脫。」

他的聲音衰弱、緩慢、遲鈍，說出的漢語卻極流利準確：「我只問你，是不是你殺了他的？」

「是。」小方道：「我不能不殺他，當時我根本沒有選擇的餘地，他不死，我就要死。」

「我相信你，我看得出你是個誠實的人。」噶倫喇嘛道：「你還年輕，你當然不想死。」

他用一雙溫和黯淡的眼睛凝視小方：「所以你也不該來的！」

小方忍不住要問：「爲什麼？」

「你知不知道普松爲什麼要你來？」

「他要我來見波娃。」

「你錯了。」噶倫喇嘛淡淡的說：「因爲你不知道我們的教義和中土不同，我們不戒殺生，因爲不殺生就不能降魔，我們對付妖魔、罪人、叛徒、仇敵的方法只有一種，同樣的一種。」

「哪一種？」

「以眼還眼，以牙還牙。」噶倫喇嘛的態度還是很平靜：「我們相信這是唯一有效的方法，自古以來就只有這一種。」

他慢慢的接著道：「所以現在你應該已明白，普松要你來，因爲他知道我一定會殺你替他復仇的。」

小方沉默。

他忽然明白了一件事，普松無論是死是活，都不願讓他見到波娃。

噶倫喇嘛仍在凝視著他，眼色還是那麼溫和，但卻忽然說出一句比刀鋒更尖銳的話。

他忽然問小方：「你信不信我在舉手間就能殺了你？」

小方拒絕回答。

他不信，但是他已經歷過太多令人無法置信的事。

在這神秘而陌生的國土上，在這神秘而莊嚴的宮殿裡，面對著這麼樣一位神秘的高僧，有很多他本來絕不相信的事現在都已不能不信。

噶倫喇嘛又道：「牆上有劍，你不妨解下來。」

小方回過頭就看到牆上懸掛著一柄塵封已久的古劍。

他解下了這柄劍。

形式奇古的長劍，份量極重，青銅劍鍔和劍鞘吞口上已生綠鏽，看來並不像是柄利器。

噶倫喇嘛道：「你爲什麼不拔來看看？」

小方拔劍。

劍身彷彿也已鏽住，第一次他竟沒有拔出來，第二次他再用力，突然間，「嗆啷」一聲龍吟，長劍脫鞘而出，陰暗的禪房裡立刻佈滿森森劍氣，連噶倫喇嘛的鬚眉都被映綠。

小方忍不住脫口而呼：「好劍！」

「這的確是柄好劍。」噶倫喇嘛道：「你能殺普松，練劍至少已有十年，應該能看出這是柄什麼劍。」

這是柄很奇怪的劍，份量本來極重，可是劍鋒離鞘後，握在手裡，又彷彿忽然變得極輕，劍鋒本來色如古松的樹幹，劍光卻是碧綠色的，就像是青翠的松針。

小方試探著道：「這是不是春秋戰國時第一高人赤松子的佩劍？」

「是的，這柄劍就是赤松。」噶倫喇嘛道：「雖然沒有列入當世七柄名劍中，但那只因為世人多半以為它已被沉埋。」

「可是故老相傳，赤松的光芒本該紅如夕陽，現在為什麼是碧綠色的？」

「因為它有十九年未飲人血。」噶倫喇嘛道：「殺人無算的利器神兵，若是多年未飲人血，不但光芒會變色，而且會漸漸失去它的鋒利，甚至會漸漸變為凡鐵。」

「現在它是不是已經到了要飲血的時候？」小方問。

「是的。」

「飲誰的血？」小方握緊劍柄。

「我的血。」噶倫喇嘛道：「佛祖能捨身餵鷹，為了這種神兵利器，我為何不能捨棄這副臭皮囊？」

他的聲音和態度都完全沒有變化，看來還是那麼衰弱，卻也溫和平靜。

小方握劍的手放鬆了。

「你要我用這柄劍殺了你？」

「是的。」

「你本來要殺我的。」小方問：「現在爲什麼要我殺你？」

噶倫喇嘛淡淡的說：「我已是個老人，久已將生死看得很淡，我若殺了你，絕不會爲你悲傷，你若殺了我，我也不會怪你。」

他說的話中彷彿另有深意：「所以我不妨殺了你，你也不妨殺了我。」

小方又問：「你的意思是不是說，我能殺你，就不妨殺了你，不能殺你，就得死在你手裡？」

噶倫喇嘛不再回答，這問題根本不必回答。

小方握劍的手又握緊。

噶倫喇嘛忽然歎了口氣，喃喃道：「良機一失，永不再來，再想回頭，就已萬劫不復了。」

說完了這句話，他就閉上眼睛，連看都不再看小方一眼。

小方卻不能不看他。

他的確已是個老人，的確已不再將生死放在心上，對他來說，死已不再是個悲劇，因爲世上已沒有任何事能傷害他，連死都不能。

小方吐出口氣，一劍刺了出去！

這一劍刺的是心臟。

小方確信自己的出手絕對準確，刺的絕對是在一刹那間就可以致人於死的部份，他不想讓這位高僧臨死前再受痛苦。

想不到他這一劍竟刺空了。

他明明看見噶倫喇嘛一直都靜靜的坐在那裡，明明已避不開他這一劍。

可是他這一劍偏偏刺空了。

二

噶倫喇嘛確實沒有動，絕對沒有動。

他的身子還是坐在原來的地方，兩條腿還是盤著，臉還是在那一片陰影裡，眼睛還是閉著。

可是就在劍鋒刺來的這一刹那，他的心臟的部位忽然移開了九寸。

他全身都沒有動，就只這一個部位忽然移開了九寸。

在這一刹那間，他身上的這一部份就像是忽然跟他的身子脫離了。劍鋒只差半寸就可以刺入他的心臟，可是這半寸就已遠隔天人，遠隔生死；雖然只差半寸，卻已遠如千千萬萬里之外，可望而不可及的花樹雲山。

一劍刺空，小方的心也好像忽然一腳踏空，落入了萬劫不復的深淵。

噶倫喇嘛已伸出手，以拇指扣中指，以中指跳彈劍鋒。

「錚」的一聲，火星四激。

小方只覺得虎口一陣劇震，長劍已脫手飛出，「奪」的一聲，釘入了屋頂。

屋頂上有塵埃落下，落在他身上，一粒粒微塵，就像是一柄柄鐵鍾。

他已被打得不能動。

噶倫喇嘛終於又張開眼，看著他，眼色還是同樣溫和陰暗。

他又問小方：「現在你是不是已經相信我在舉手間就能殺了你？」

小方已經不能不信。

他已發現這個衰老的僧人，才是他這一生中所遇見的第一高手，不但能隨意控制自己的精氣力量，連每一寸肌肉，每一處關節都能隨意變化控制。

小方竟完全不知道自己是被一種什麼樣的武功所擊敗的。

神秘的民族，神秘的宗教，神秘的武功。小方還能說什麼？

的。」

他只能問：「你爲什麼不殺我？」

噶倫喇嘛的回答也和他的武功同樣玄秘。

「因爲我已經知道你的來意。」噶倫喇嘛道：「你不是來看那個女人的，你是來殺她的。」

「你怎麼知道？」

「因爲你有殺氣。」噶倫喇嘛道：「只有決心要殺人的人，才有這種殺氣，你自己雖然看不見，可是你一走入此門，我就已感覺到。」

小方不能再開口。

他整個人都已被震驚。

噶倫喇嘛又接著說下去：「我不殺你，只因爲我要你去殺了她。」他的聲音忽然變得極沉重：「只有她死，你才能生，只有她死，普松的死才有代價。」

他衰老的雙眼中忽然射出精光，忽然厲聲作獅子吼：「拔下這柄劍，用這柄劍去殺了她！用那魔女的血來飲飽此劍！」噶倫喇嘛厲聲道：「你一定要切切牢記，這次良機再失，就真的要永淪苦獄，萬劫不復了！」

這不是要求，也不是命令，這是個賭約。

高僧的賭約。

——你能殺她，你才能生，否則縱然活著，也與死無異。

這位神秘的高僧非但看出了小方的殺氣，也看透了小方的心。

所以他與小方訂下這個賭約。只有高僧才能訂下的賭約。

這也是一位高僧的苦心。

小方是不是真的有決心去殺波娃？能不能忍心下手？

三十 愛恨死生一線

一

小方是真的已下了決心要來殺波娃。

獨孤癡和普松都絕對不是會說謊的人，說出來的話絕不含絲毫虛假。

他們已經證實了波娃是個什麼樣的女人，小方不能不信，所以也不能再讓她活下去，否則又不知有多少男人要毀在她手裡。

現在他已經面對波娃。

他的掌中有劍，劍鋒距離她的心臟並不遠，只要他的一劍刺出，所有的愛恨恩怨煩惱痛苦就全都結束了。就算他還是忘不了她，日子久了，也必將漸漸變得淡如煙雲。

但是這一劍他偏偏刺不下去。

日色已漸漸西沉。

波娃也像那位神秘的高僧一樣，靜靜的坐在一片慘淡的陰影裡。

她看見小方進來，看見他手裡提著劍，她當然也能看得出他的來意。

殺氣雖然無聲無影無形，卻是絕對沒法子可以隱藏的。

如果她還想分辯解說，還想用那種嬌楚柔弱的態度來挑起小方的舊情，小方這一劍必定早已刺了出去。

如果她一見小方就投懷送抱，婉轉承歡，小方也必定已經殺了她。

可是她沒有這麼做。

她只是靜靜的坐在那裡，凝視著小方，過了很久，才輕輕嘆了口氣：「想不到你居然還沒有死。」

她第一句說的就是真話：「我要普松去找你，並不是爲了要你來看我，而是爲了要你的命。」

小方聽著，等著她說下去。

真話雖然傷人，卻沒有被人欺騙時那種痛苦。

「我知道普松一定不會讓你來見我，一定會殺你。」波娃道：「如果他不能殺你，就必將死在你手裡。」

她淡淡的接著說：「他死了之後，你一定會來，噶倫喇嘛一定會殺了你替他報仇的，他們的關係就像是父子般親密。」

這也是真話。

她已將每一種可能都計算過，她的計劃本來無疑是會成功的。

波娃又嘆了口氣：「現在我才知道，我還是算錯了一點。」波娃說：「噶倫喇嘛遠比我想像中更精明、更厲害，居然能看穿我的用心。」

她又解釋：「他平時從來沒有理會我和普松的事，所以我才會低估了他，現在我才知道，他一直都對我痛恨在心，寧可放過你，也絕不肯讓我稱心如願的。」

小方又沉默了很久才問：「你爲什麼要告訴我這些事？」

「因爲我不想再騙你。」波娃道：「我也知道現在已經沒法子再騙你了。」

她聲音忽然露出一點淡淡的哀傷：「你也不必再問我對你究竟是真是假，因爲你是我的仇敵，我只有殺了你。」

小方記得卜鷹也說過同樣的話。

敵友之間，絕沒有選擇的餘地，不是朋友，就是敵人，不是你死，就是我死！

波娃又道：「所以你隨時都可以殺了我，我絕不怪你。」

小方下不了手。

不是不忍下手，是根本不能下手！

因爲他根本不知道這件事究竟是誰對誰錯？誰是誰非？

如果卜鷹真的是貓盜，如果波娃是爲了捕盜而做這些事的，有誰能說她錯？

爲了達到目的，卜鷹豈非也同樣做過一些不擇手段的事？

獨孤癡是劍客，劍客本無情，普松已出家爲僧，更不該惹上情孽，就算他們是被她欺騙了，也只能說他們是咎由自取。

小方沒有想到他自己。

每到這種生與死，是與非的重要分際時，他常常都會忘記他自己。

波娃凝視著他。

「你殺我也好，不殺我也好，我都不勉強你。」波娃道：「但是有一件事我一定要提醒你。」

「什麼事？」

「你不殺我，有人就要殺你！」波娃道：「我若不死，你一走出這間禪房，就必定死在噶倫喇嘛的劍下。」

「我知道。」小方說。

說出了這三個字，他就頭也不回的走了出去。

愛與恨，是與非，生與死，本來就像是刀鋒劍刃，分別只不過在一線間而已。

小方走出了禪房，就看見噶倫喇嘛已經在外面的小院中等著他。

二

日色漸暗，風漸冷。

噶倫喇嘛就站在一棵古樹下，風動古樹，大地不動。

這位高僧也沒有動。

他看來雖然還是那麼枯瘦老弱，但是他的安忍已能靜如大地。

唯一的一點變化是，當他看到小方時，眼睛裡彷彿也露出一抹憐憫和哀傷。

這是不是因爲他早已算準小方是絕對下不了手的？

小方掌中仍有劍，劍光仍是碧綠色的。

噶倫喇嘛看著他手裡的劍，淡淡的說：「名劍如良駒，良駒擇主，劍也一樣，你不能善用它，它就不是你的。」

「這柄劍本來就不是我的，是你的。」

噶倫喇嘛慢慢的伸出手：「不是你的，你應該還給我。」

小方絲毫沒有猶疑，就將這柄劍還給了他。

這柄劍的鋒利，絕不在他的「魔眼」之下，如果他掌中握有這樣的利器，未必絕對不是噶倫喇嘛的敵手。

但他卻彷彿完全沒有想到噶倫喇嘛要他交還這柄劍，就是爲了要用這柄劍殺他的。

他也沒有逃走。

夕陽已隱沒在高聳的城堡與連綿的雉堞後，只剩下慘碧色的劍光在暮色中閃動。

噶倫喇嘛忽然長長嘆息：「你本來也是個優秀的年輕人，就好像普松一樣，只可惜現在你也死了，我縱然不殺你，你也已和死人全無分別。」

他抬起頭，凝視小方：「現在你還有什麼話可說？」

小方立刻道：「有，我還有話說，還有事要問你。」

噶倫喇嘛道：「什麼事？」

小方逼視著他，一個字一個字的說：「你恨波娃，恨她毀了你最親近的人，你也恨你自己，因爲你完全不能阻止這件事。」

他忽然提高聲音，厲聲問：「你爲什麼不阻止他們？爲什麼還要把她留在這裡？爲什麼不親手殺了她？你究竟怕什麼？」

噶倫喇嘛沒有回答，沒有開口，掌中的劍光卻閃動得更劇烈。

難道他的手在抖？世上還有什麼事可以使這位高僧震驚顫抖？

小方的話鋒更逼人。

「你明明可以阻止這件事發生的，那麼普松根本就不會死。你心裡一定隱藏著什麼不可告人的秘密，所以非但不敢去殺波娃，甚至連見都不敢去見她。」

噶倫喇嘛忽然開口：「你是不是要我去殺了她？」他問小方：「如果我要殺你，是不是就應該先去殺了她？」

「是。」小方的回答直接明確。

他並不想要波娃死，可是他自己也不想死，他出了個難題給噶倫喇嘛。

他確信噶倫喇嘛也跟他一樣，絕不會對波娃下手的，否則波娃早已死了無數次。

但是這次他又錯了。

他剛說出了那個「是」字，噶倫喇嘛瘦弱的身子已像是一陣清風般從他面前掠過去，掠入那間禪房。

等他跟進去時，噶倫喇嘛掌中那柄慘碧色的長劍，劍鋒已在波娃咽喉上。

三

劍光照綠了波娃的臉。她的臉上並沒有一點驚慌恐懼的表情。

她不信噶倫喇嘛會下手。

「你想幹什麼？」波娃淡淡的問：「難道你想來殺我？難道你忘了我是什麼人？忘了我們之間的密約？」

「我沒有忘。」

「那麼你就該知道，你若殺了我，不但必將後悔終生，你的罪孽也永遠沒法子洗得清了。」

波娃說得很肯定，肯定得令人不能不吃驚。

她究竟是什麼人？

一個魔女和一位高僧間，會有什麼秘密的約定？約定的是什麼事？

小方想不通，也不能相信。

可是噶倫喇嘛自己並沒有否認。

「我知道我不能殺你的，但是我寧可永淪浩劫，也要殺了你。」

「為什麼？」

「因為普松是我的兒子。」噶倫喇嘛道：「我二十八年前，也遇到過一個像你這樣的女人。」

波娃的臉色變了。

她並不是因爲聽見了這秘密而吃驚，而是因爲她知道噶倫喇嘛既然肯將這秘密告訴她，就一定已經下了決心要置她於死地。

小方的臉色也變了。

他也看出了這一點，他不但驚訝，而且悔恨，因爲噶倫喇嘛的殺機是被他逼出來的。

他絕不能眼看著波娃因他而死。

這一劍還未刺下，小方已撲過去，右掌猛切噶倫喇嘛的後頸，左手急扣他握劍的手腕脈門。

噶倫喇嘛沒有回頭。

他以左手握劍，他的右臂關節忽然扭曲反轉，反手打小方的腰。

任何人都絕對不會想到一個人的手臂竟能在這種部位扭轉，從這種方向打過來。

小方也想不到。

他看見噶倫喇嘛的手臂扭轉時，他的人已被擊倒。

劍鋒距離波娃的咽喉已不及兩寸。

噶倫喇嘛這一劍刺得很慢，抑制多年的情感和愛心忽然湧發，他對波娃的仇恨也遠比別人恨得更深。

他要看著這個毀了他兒子的魔女慢慢的死在他的劍下。

現在已經沒有人能挽回波娃的性命了。

小方幾乎已不忍再看，想不到就在這一刹那間，他忽然又看見了一道劍光閃電般飛來，直刺噶倫喇嘛後頸上的大血管。

這一劍來得太快，刺得太準。

噶倫喇嘛不得不救。

他的劍反手削去，迎上了這道凌空飛擊的劍光，雙劍相擊，聲如龍吟，飛激出的火星，就像是元宵夜時放出的煙火。

接著，又是「奪」的一聲響，一柄劍斜斜的釘入了横樑。

只有劍，沒有人。

這一劍竟是被人脫手飛擲出來的，人還在禪房外，脫手擲出的一劍，竟有這種聲勢，這種速度，噶倫喇嘛雖然還未見到這個人，已經知道他的可怕。

小方卻已經猜出這個人是誰了，雖然他從未想到這個人會來救波娃，但是他認得這柄劍。

斜插在橫樑上的劍，赫然竟是他的「魔眼」。

請續看《大地飛鷹》中冊

古龍精品集 65

大地飛鷹（上）

作者：古龍
發行人：陳曉林
出版所：風雲時代出版股份有限公司
地址：10576台北市民生東路五段178號7樓之3
電話：(02) 2756-0949　　傳真：(02) 2765-3799
封面原圖：明人出警圖（原圖爲國立故宮博物館典藏）
封面影像處理：風雲編輯小組
執行主編：劉宇青
行銷企劃：林安莉
業務總監：張瑋鳳
出版日期：古龍80週年紀念版2019年1月
ISBN：978-986-146-823-5

風雲書網：http://www.eastbooks.com.tw
官方部落格：http://eastbooks.pixnet.net/blog
Facebook：http://www.facebook.com/h7560949
E-mail：h7560949@ms15.hinet.net
劃撥帳號：12043291
戶名：風雲時代出版股份有限公司

風雲發行所：33373桃園市龜山區公西村2鄰復興街304巷96號
電話：(03) 318-1378　　傳真：(03) 318-1378
法律顧問：永然法律事務所 李永然律師
北辰著作權事務所 蕭雄淋律師

行政院新聞局局版台業字第3595號 營利事業統一編號22759935

國家圖書館出版品預行編目資料

大地飛鷹／古龍作.　--　再版.　--臺北市：
風雲時代，2011.10
冊；　公分
ISBN: 978-986-146-823-5（上冊：平裝）.　--
ISBN: 978-986-146-824-2（中冊：平裝）.　--
ISBN: 978-986-146-825-9（下冊：平裝）.　--
857.9　　100018546